HOW TO THINK LIKE CHURCHILL

ダニエル・スミス
Daniel Smith
多賀谷正子❖訳

ウィンストン・チャーチル

「英国を救った男」の
人生と行動

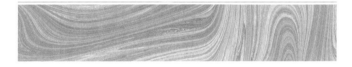

原 書 房

目次

はじめに

「優れたドラマの中でも、彼のドラマは最高だった」

1965年、チャーチルの死去にあたり、シャルル・ド・ゴール将軍がエリザベス女王に書き送った言葉

1874年11月30日、ウィンストン・チャーチルはイングランドの名高い貴族の家に生まれた。このときすでに、全世界に影響を与える人物になることが運命づけられていたのかもしれない。だが、彼が偉大な人物になるまでの道のりは、けっして平坦ではなかった。両親が子どもとは距離を置く人だったため、幼少期の彼は幸せとは言えない日々を過ごした。学校の成績も「要努力」とふるわず、卒業後は軍に入ることを選択した。その成績では一流大学に入れる保証がなかったからだ。

その後は高い野心、権利意識、心の底にある不安、そして純粋な責任感から、軍人とジャー

ナリストというふたつのキャリアを歩みはじめる。数年もすると、それぞれの道で富を得て、大英帝国でその名を知らぬ者はいないほどになった。その後、満を持して政界へ進出。1900年に下院議員となった。

政界では目覚ましいキャリアを積んでいくことになる。所属政党は二度変わっており、保守党から自由党へ鞍替《くらが》えしたのち、ふたたび保守党へ戻っている。当初は若く急進的な政治家として社会改革を推し進めていたものの、それ以降は保守的な傾向が強くなっていった。女性の参政権を求めるサフラジェットの運動に不信感を抱き、1926年のゼネラル・ストライキを弾圧し、大英帝国諸国に対して差別的で偏見のある態度をとるなどして不評を買った（少なくとも後世の人には不評だ）。友人であれ敵であれ、チャーチルの本質を完全につかむのは難しかっただろう。

賛否両論があった第一次世界大戦への参戦――そして不運だったガリポリの戦い――を熱烈に主張したことで、彼の一流の政治家としてのキャリアは途絶えたかに見えた。それからの25年間は、脇へ追いやられることになった。1930年代には、ヒトラーに対し宥和《ゆうわ》政策を推し進めていたライバルの政治家たちから戦争屋と批判されたり、揶揄《やゆ》されたりもした。だが、ご存知のとおり、歴史はチャーチルに味方することになる。

1940年、65歳になったチャーチルは、華々しくも波瀾万丈だった自身のキャリアを回想することもできたはずだ。もし、そのときに引退し、ケント州にあるお気に入りのチャートウェル邸で静かな余生を過ごしていれば、20世紀初頭のイギリスにおける権力者のひとりとして記憶にとどめられるだけだったろう。だが、チャーチルは連立内閣の首相となり（一党による政権よりも、彼の気質には合っていたようだ）、イギリスをもっとも暗い時代からもっとも輝かしい時代へと導いた。ヨーロッパを制圧するかに見えたナチスの脅威を追いはらい、世界がヒトラー軍を打倒するための時間と空間を稼いだ。その功績により、歴史上もっとも偉大なイギリス人と評されるまでになった。

１９４０年から１９４５年にかけて様々な特質を表していったが、とくに、苦難にあえぎ日常的に命や身体を脅かされていた国民を奮い立たせるのがうまかった。ヨーロッパの同盟国が崩壊していくなか、チャーチルは歴史に残る名演説や、純然たる意志の力で、戦時中も国民を引っ張っていった。敗北や降伏をけっして容認せず、１９４３年以降イギリス軍がふたたび前進できるようになるまで、後衛戦においてイギリス軍が数々の難局を乗り切るのを見守った。彼が冷静さを保ち、あらゆる手段を用いて「的確な選択」を数多く行ったおかげで、イギリス軍は敗北寸前の状況を脱し、究極の勝利をつかむに至った。

戦争が終結するころ、チャーチルは70歳になっていた。もっと静かな生活を楽しんでもいい年齢だ。だが、彼はその年、総選挙に打って出る。結果は敗北。労働党に大敗したが、彼ほど国民から愛されている政治家はいなかった（過去5年のあいだ、彼ほど国に尽くした人がいただろうか？）。そして6年後、トップの座に返り咲く。彼は衰えつつあるエネルギーを振りしぼって冷戦の脅威に立ち向かい、ソ連との和解を模索し、アメリカと特別な関係を築くことに尽力した。半分アメリカ人の血が混じっていたチャーチルは、西側諸国の支配的地位にあったイギリスが、アメリカに追い抜かれつつあるのを感じていた。そのため、アメリカとの関係を築こうと数十年にわたり苦心した。

政界から退いたのは1964年になってからのことだ。1965年1月24日、90歳の誕生日を迎えてほどなくして亡くなると、国葬が執り行われた。20世紀でそのような名誉に浴した民間人は彼だけだ。

じつに多くの局面を経験してきたウィンストン・チャーチルの真の姿を正確にとらえるのは難しい。たいていの人が思い浮かべるのは、ブルドッグのような顔で、太い葉巻を吸い、戦時中に大衆を鼓舞する演説をし、報道陣に向かってVサインをする姿だろう。もちろん、それもチャーチルの良き側面だ。だが、彼にはほかにもたくさんの顔があった——迷える男児、妥協を許さない大英帝国の男、社会改革者、軍人、平和を愛する者、ジャーナリスト、ノーベル文学賞受賞者、政治家、画家、れんが職人、豊かな暮らしの専門家、楽天家、抑鬱症、家庭人として欠陥のある人、そして国民の父。

彼が亡くなってから半世紀がたつが、現代のイギリス人で、チャーチルほどその人生が子細に語られてきた人はいない。もちろん、彼を批判する人もいるし、それには相応の理由もある。頑固《がんこ》でせっかちなエゴイストの一面もあったし、他人の窮状《きゅうじょう》に同情を覚える人ではなかった（非イギリス人、非英語圏、非キリスト教圏の人の場合はなおさらだった）。彼がとった行動――たとえばドイツへの空爆許可――が倫理的であったかどうかは、いまだに意見が分かれている。しかし、当時のチャーチルはまぎれもなく偉大な人物であり、自分に欠点があるからこそ、危機が差し迫っていたイギリスにとって必要なことを成し得たという点についでは、異論を唱える人はほとんどいない。歴史の妙とでも言おうか、ヒトラーがいたからこそチャーチルはヒーローになれたのであり、その勇気とカリスマ性でチャンスをつかむことができたのである。

本書はチャーチルの性格特性、思考、信条のほか、人生の各ステージにおいて彼の行動を決定づけ、彼の世界観を形づくった人やものに焦点を当てて見ていく。チャーチルもまた、複雑で、並外れた強みと、どうしようもない弱さをもった人間であることが浮き彫りになっていくだろう。

チャーチルの生涯における歴史的な出来事

1874年

11月30日、ウィンストン・レオナルド・スペンサー=チャーチルは、ランドルフ・チャーチル卿（第七代マールバラ公爵の三男）とアメリカ人の妻ジェニー・ジェローム の息子として、オックスフォードシャーのブレナム宮殿で生まれる。

1880年

2月4日、ウィンストンの弟、ジョン・ストレンジ・スペンサー=チャーチルが生まれる。

1882年

バークシャー州アスコットの聖ジョージ・スクールに入学。

1884年

アスコットの学校からブライトン・アンド・ホヴにある学校に転校。

1888年　ハロー校に入学。

1893年　サンドハースト王立陸軍士官学校で騎兵科の訓練を始める。

1895年　1月24日、ウィンストンの父が亡くなる。享年45歳。第4軽騎兵連隊に少尉として加わり、スペイン軍とともにキューバへ行く許可を得て、初めて戦地へ赴く。初めてのアメリカ訪問。

1896年　軍とともにインドへ赴く。

1897年　西北の戦線でマラカンド野戦軍に加わる。

1898年　スーダンでオムダーマンの戦いに従事。

1899年　軍を除隊し、政治の道へ。ランカシャー、オールダム選挙区で議員に立候補するも落選。ジャーナリストとして南アフリカに赴き、自身の経験をレポート。ボーア戦争で短期間、捕虜となるが、大胆にも脱走する。その後、南アフリ力軽騎兵連隊に加わる。

1900年
オールダム選挙区で保守党から立候補し、議員となる。唯一の小説『サヴロラ（*Savrola*）』を出版。

1901年
議会にて初めての演説。国防義勇軍に加わり、のちにオックスフォードシャー・ヨーマンリー連隊の大佐となる。

1904年
保守党から自由党へ移籍。

1905年
植民地省政務次官に任命される。

1906年
マンチェスター・ノース・ウェスト選挙区から出馬し、自由党の議員となる。

1907年
枢密顧問官となる。

1908年　スコットランド、ダンディー選挙区から自由党議員として選出され、以降1922年まで議員職につく。9月12日にクレメンティーン・ホージアーと結婚。商務大臣になるなど、重要な年になった。

1909年　第一子ダイアナが誕生。

1910年　2月、内務大臣に就任。18か月間、大臣を務める。

1911年　息子、ランドルフ誕生。悪名の高いシドニー街の戦いの場に姿を見せる。10月、海軍大臣となる。

1914年　第一次世界大戦勃発。10月、自らアントウェルペンに入り防衛を指揮。クレメンティーンが次女、サラを出産。

1915年　ダーダネルス海峡での作戦に失敗したのち、5月に海軍大臣を辞任。ランカスター公爵担当大臣に就任。11月までこの職を務める。ふたたび従軍し、第一次世界大戦の西部戦線に加わる。

1917年

連立内閣であるデイヴィッド・ロイド・ジョージ戦争内閣で、軍需大臣に任命される。

1918年

第一次世界大戦終結。三女、マリーゴールド誕生。

1919年

戦争大臣兼航空大臣に任命される。

1921年

植民地大臣に任命される。以降1922年10月まで、この職に就く。英愛条約の交渉で主要な役割を担う。6月に母親が死去。8月には末娘のマリーゴールドが敗血症で死去。

1922年

ダンディー選挙区で出馬するも落選。議席を失う。クレメンティーンが四女、メアリを出産。ケント州のチャートウェル邸を購入。お気に入りの隠れ家となる。

1923年

ウェスト・レスター選挙区の補欠選挙で落選。『世界の危機（*The World Crisis*）』を出版。第5巻と最終巻の第6巻はは1931年に出版され、1911年から1928年までの分析が完了する。

1924年　ウェストミンスター寺院選挙区の補欠選挙で落選するも、10月、エセックスのエッピング選挙区で〝立憲主義〟の議員となり、1945年まで務める。保守党に復党し、11月には大蔵大臣に任命される。

1925年　イギリスを金本位制に復帰させる。

1926年　ゼネラル・ストライキに断固として反対する。

1929年　6月の総選挙で労働党が勝利し、大蔵大臣を辞任。

1930年代　〝荒野の〟時期。高位には就かず、議会でも重要な人物ではなかった。しかし、ヒトラー率いるドイツ軍の脅威が高まっていると警告を発し、政府の宥和政策に断固反対する。また、この時期に執筆を進めたり、世界を回って演説をしたり、趣味の絵画制作にいそしんだりした。

1930年　自叙伝『わが半生』を出版。

1933年

ヒトラーがドイツ首相になる。『マールバラ公爵——その人生と時代（*Marlborough: His Life and Times*）』を出版（最終巻の第4巻が出版されたのは1938年）。

1938年

ネヴィル・チェンバレン首相が合意したミュンヘン協定を批判。これはチェコスロヴァキアのズデーテンをドイツに割譲することを取り決めた協定。

1939年

第二次世界大戦勃発。ナチス・ドイツがポーランドに侵攻。9月、イギリスがドイツに宣戦布告。海軍大臣に復帰。

1940年

5月、ネヴィル・チェンバレンから首相の座を引き継ぎ、挙国一致内閣を率いる。電撃戦、バトル・オブ・ブリテン、ダンケルクの撤退にあたって国民を鼓舞する。

1941年

ロシアとアメリカが参戦。イギリスが日本に宣戦布告。

1942年

ドイツの都市への空爆。北アフリカにおけるエル・アラメインの戦いで、指揮官のモントゴメリーが連合国軍を勝利に導く。これが戦争の「終わりの始まり」になるかもしれないと述べる。

1943年

連合国軍が北アフリカからドイツ軍を追放し、イタリアに侵攻。連合国の〝三大〟指導者―チャーチル、ローズヴェルト、スターリン―による初めての会談、テヘラン会談に臨む。

1944年

872日間にわたりドイツに占領されていたレニングラードをロシアが解放。5月、大規模作戦開始。フランス沿岸のノルマンディーに連合国軍が上陸、進軍。フランスをはじめ西ヨーロッパの国々のドイツによる占領が終わる。

1945年

第二次世界大戦終結。ヨーロッパでの勝利が確実になったあと、2個の原子爆弾が投下され、日本も降伏。チャーチルはスターリンとともにヤルタ会談とポツダム会談に出席。ローズヴェルト大統領（2月、ヤルタ会談）、次いでトルーマン大統領（7月、ポツダム会談）と、戦後ヨーロッパの再構築について話し合う。戦時内閣を解散したのち、一時的に暫定内閣を率いる。7月の総選挙で、保守党はクレメント・アトリー率いる労働党に敗れる。エセックスのウッドフォード選挙区の保守党議員を1964年まで務める。

1946年
アメリカ、ミズーリ州のフルトンにある大学で、ヨーロッパを遮断する「鉄のカーテン」が下ろされたと警告。

1948年
全6巻の『第二次世界大戦』第1巻を出版。最終巻が出版されたのは1953年。

1951年
保守党を率いて総選挙に勝利。ふたたび首相となる。

1952年
ケニアでマウマウ団の乱が勃発。

1953年
ノーベル文学賞受賞。ガーター勲章を授与される。

1955年
4月5日、健康を害して首相の座を降りる。

1956年　全4巻の『英語諸国民の歴史（*History of the English-Speaking Peoples*）』第1巻を出版。

1963年　アメリカ合衆国名誉市民の称号を贈られる。10月、娘のダイアナが自殺。

1964年　7月、議員辞職。

1965年　1月24日、90歳で亡くなる。国葬が執り行われ、本人の遺志によりオックスフォードシャーのセント・マーティン教会墓地に埋葬される。

スロー・スターターでも
問題ない

「私はおとなの人たちがよくいう『悪戯坊主《いたずらぼうず》』だった」

ウィンストン・チャーチル『わが半生』（中村祐吉訳、以下同）よりウィンストン・レオナルド・スペンサー＝チャーチルは、1874年11月30日、イングランドのオックスフォードシャー州にある、まばゆく威厳に満ちたブレナム宮殿で生まれた。この世に生を受けるのに、これほど華々しい場所はないだろう。

祖先の初代マールバラ公爵、ジョン・チャーチルは、17世紀後半から18世紀前半にかけて活躍した軍人である。ジョン・チャーチルがもっとも輝いたのは、1704年のスペイン継承戦争中、軍隊を率いてドイツのブレンハイムで行われた戦いに勝利した瞬間だろう。この勝利によってイングランドで栄光と富を手にしたマールバラ公は、家族が住むための華麗な邸宅の建設に着手し、戦いの名にちなんだ名前をつけた［ブレンハイムを英語読みしたものがブレナム］。

ウィンストンの父、ランドルフ・チャーチル卿も高名な人物だった。ウィンストンが生まれた年にオックスフォードシャーのウッドストック選挙区の議員として選出されると、競争の激しい政界で順調に昇進していった。1880年代には各方面から将来の首相候補と目されていた。1886年にはさらにその方向へと近づく。当時の首相であったソールズベリー卿から大蔵大臣を拝命したのだ。ランドルフ卿はいずれ首相の座を得たいという野心を抱いていたが、結局、その野心が失脚する原因となった。ソールズベリー卿を相手に勝つ見込みのない腕相撲を挑んだようなもので、失墜した彼は政界を追われ、失意のまま1894年に亡くなった。まだ40代の半ばだった。

このころ、成人を迎えようとしていたウィンストンは、偉業を成し遂げた高名な祖先からは想像もできないような子どもだった。病気がちで、発話障害があり（舌足らずで吃音《きつおん》もあった）、得手不得手の差が激しかったわりに、自らの成績を鼻にかけるところがあった。1888年の成績表には、忘れ物が多く、不注意で、時間を守らない、と記されている。

ウィンストンはアスコットにある聖ジョージ・スクールに8歳から通った。身体が虚弱だったため、いじめの対象になった。この体験があったからこそ、後年、強大な敵に断固として立ち向かう人物になったのだろう。とはいえ、聖ジョージ・スクールで過ごす時間は悲惨なもので、生徒からも先生からもひどい扱いを受けた。結局、イングランド南部の海辺の街ブライトン近郊のホヴにある、トンプソン予備校という、さほど名声もない学校に転校することになった（ここではおおいに楽しんだ）。その後、1888年からイングランド有数のパブリックスクールであるハロー校に進み（イギリスの首相を8人も輩出している）、そこで4年間を過ごした。

チャーチルは学業成績が悪かったとよく言われるが、それは少々大げさである。たしかに、数学はけっして得意ではなく、その弱点のせいでサンドハースト王立士官学校への入学が危ぶまれたこともある。ようやく合格したのは1893年になってからだ。文学と地理の成績はよく、フランス語も最下位ではなかったし、歴史にはとても強かった（我々から見れば、支配的な皇帝の物語を無批判に受け入れすぎているようにも思える）。課外活動は得意だったようで、パブリックスクールのフェンシング大会で優勝したこともある。

だが、学校という場所は彼には適さなかった。両親や教師からは「怠惰な劣等生」と言われていた。祖母だけは少し寛容で、「頭はいいし、それほど悪い子ではない。ただ、ちょっと厳しくしてやらないといけない」と述べている。だが、教師たちは彼のいい面を引き出すことができなかった。1930年に出版された自伝『わが半生』では、学校時代のことをこう書いている。「私の最も不愉快な時期であったばかりでなく、唯一の空漠不毛の時期であった」。彼の苦悩は現代で言う「両親との機能不全な関係」によってさらに悪化した。学校時代の両親との手紙のやりとりを見ると、じつに心が痛む。ウィンストンは自分を認めてもらおうとつねに必死なのに対し、両親はそれを拒みつづけているのだ。

彼は大人になってからも父親に憧れを抱いていたようで、1905年には父親を（おそらく不当なほど）高く賞賛した伝記を書いている。人生の大半において、父ランドルフはウィンストンにとって恐ろしい存在であったが、よく似ている部分もあった。たとえば、鬱の症状に悩まされたこと、演説がうまく、野心家で、悪評を受けやすかったことなどが挙げられる。だが、父親と息子が個人的に深く理解しあうことはなかった。ランドルフは自分のキャリアを優先し、子どもなどそっちのけだった。

厄介なことに、ランドルフは息子を拒否することで、息子に対して権力をふるおうとしていたようだ。ウィンストンがハロー校卒業後の進路に困っていたとき（サンドハースト王立士官学校に合格するまで3度も試験を受けた）、ランドルフは息子に向かって、「お前は卑しく、不幸で、役立たずの存在だ」と言いはなったという。ひどいことを言われてもなお、ウィンストンの父に対する尊敬の念は揺らがなかった。1931年2月、『スタンド』誌にこんな記事を書いている。「父とはめったに話さなかったし、対等な立場で話したことは一度としてなかったが、父が若くして亡くなったあとも、私は父と、父との思い出に深い尊敬と愛情を抱いている」

母親のジェニーも子どもとは距離を置く親ではあったが、父親よりはウィンストンとの絆《きずな》は深かった。ジェニーは1921年に亡くなっている。ニューヨークの裕福な実業家の娘だった彼女は、夫を早くに亡くしたあと、ひとりで困難な状況に立ち向かわなくてはならなかった。夫は助けになるどころか、多額の借金を残していったのだ。彼女もやはり階級と時代の影響から、自分と息子とのあいだに壁をもうけていた。ウィンストンは『わが半生』でこう回想している。「私は母が好きであったが、距離があった」。ウィンストンが子ども時代にもっとも近しい関係にあったのは、乳母《うば》のエヴェレスト夫人だ。彼はこう書いている。「彼女は私のそれまでの二十年の生涯を通じて、最もなつかしい親しい友であった」

チャーチルは裕福な家に生まれはしたが、子ども時代はつらいものだった。孤独で、成績不振で、失意に満ちていた。20歳のときの彼を見て、将来、偉業をなす人物になると思った人はほとんどいなかっただろう。だが、何度も拒絶されながらも、チャーチル自身は自分の力を深く信じており、それがやがて国というものを意識することにつながっていった。しかし、自分が高名な祖先たちをも凌駕《りょうが》することになると信じていたかどうかは、定かではない。

弱点に対処する

「私は技術的な訓練も
大学教育も受けていない。
生きていくなかで、
多少身についたものがあるだけだ」

1949年のスピーチより

学校というシステムが自分の長所を引き出せないのなら、卒業後、自分でなんとかしてやろうとチャーチルは考えた。ある意味、彼は歴史上もっとも優秀な独学者だ。学生のときに強制的にやらされていた科目も、後年になってから好きになったという（少なくとも敬意をもっていた）。

1948年、オスロ大学で行ったスピーチでは、古典文学についての考えが変わったと話している。学校に通っていたころは古典が大きらいで「古典の魅力と的確さを理解しなさいと、しつこく、ときには苦痛なほど言われたが、それに応えることはできなかった」と語っている。ところが、年長の政治家になったときには、古典のもつ役割をよく認識していて、ヨーロッパや現代の世界において広く「求心的な影響」をもつものだと考えていた。

チャーチルは学業成績があまりよくなかったことを後悔してはいなかった。むしろ、その経験が、良くも悪くもひとりの大人としての自分を形づくっていると考えていた。たとえば、英語が得意になったのは「優秀な生徒」のクラスに入れなかったおかげだと思っていた。いちばん成績が低いクラスに入れられたおかげで、自分よりも優秀な同級生に比べて「ずいぶん有利だった」と述べている。彼らがラテン語やギリシャ語を学んでいるあいだに、自分は母国語に集中することができたからだという。『わが半生』にも、こう記されている。

（私たちは）劣等生で英語のほかに覚えられぬと考えられたからだ。この劣等組に世間で等閑視されていること、すなわちただの英語を書くことを教える役を託されたのがソマヴェル先生であったが、この人はじつにいい人で、私はこの先生に非常に負うところが多い……普通の英文なら、その基本構造を骨の髄まで徹底的に覚えた――これはじつに尊いことだ。

ラテン語やギリシャ語が堪能だった同級生たちが、のちに英語を学びなおさなくてはならなかったことを考えれば、自分はまったく不利ではなかった、と述べている。

ようやくサンドハーストに入学すると、チャーチルは才能を開花させはじめる。初めから馬の扱いがうまく、150人中8番目の成績で卒業した。その後、1895年2月には第4軽騎兵連隊に加わっている。サンドハーストは自分で学ぶ機会を与えてくれる場所だった。そこで、彼は読書に励んだ。その多くは母親からもらった書籍で、空き時間には小説、歴史書、哲学書、経済協定の本などに没頭した。

チャーチルはつねに現実主義者だった。当時、イギリスは小さな島国ながら世界最強の国だった——最盛期の大英帝国の人口は世界の5分の1を占めている。そのイギリスを率いていたチャーチルは、国の発展には技術革新と事業が大切だと認識するようになっていった。教育システムを充実させれば経済的に恩恵があることも、よく心得ていた。「教育費を削って若い人たちへの指導を減らせばもっと豊かで安定した国になる、などと考えるのは、もっとも無知な人たちです」と、1925年に学校で行ったスピーチで述べている。第二次世界大戦が激しさを増し、国の存続が危ぶまれていた時期にも、同じ考えを述べている。1943年のラジオ放送ではこう語った。「世界の未来は高度に教育された人たちの肩にかかっています。平時に優位に立ち、戦時に生き残るためには、科学的装置を単独で扱える人が必要なのです」

最終的には真のリベラル教育、つまり人格を総合的に成長させる教育の必要性を信じていた。1948年にロンドン大学で行ったスピーチで、この考えをさらに詳しく語っている。「大学の第一の務めは英知を教えることであり、仕事を教えることではありません。技術を教えるのではなく、人格を育むことであります」。これは、学校を卒業して以来、チャーチルが自分自身に施《ほどこ》してきた教育と似ている。学校で得られなかったものを自分の力で埋めてきた彼は、それを「ちょっと変わった勉強法だった」と嬉々《きき》として語っている。

彼の独学を支えていたのは、歴史を知りたいという思いだ。成功や失敗の物語の裏にあるものに光を当てないなら、いったい歴史とはなんだろう、と考えていた。歴史から教訓を得なくてはならない、と繰り返し述べている。1936年には、下院でこんな演説をしている。「過去を変えることはできませんが、我々はそれを検証して、未来に生かせるかもしれない教訓を得るべきです……」。8年後、首相の座に就いていたときには、英国王立内科医協会でこう述べている。「過去を振りかえれば振りかえるほど、未来を遠くまで見通せるようになるのです」。1953年にはジェームズ・ヒュームズ——新進気鋭のスピーチライターで、アイゼンハワー大統領のスピーチライターを務めたのち、ニクソン、フォード、レーガンと3人の大統領のスピーチライターを務めた人物——に対してこう述べている。「歴史を学びなさい、歴史を。歴史には国政術のすべてが詰まっている」

戦時のリーダーとしてチャーチルがいかに偉大だったか、その要因をひとつに絞ることはできないが、歴史をしっかりと理解していたことが——軍の戦略から、リーダーの長所や短所まで理解していた——決断力やリーダーシップにつながり、演説や、一期目の首相就任時にも役立ったと言えるだろう。のちにノーベル委員会から世界をリードする歴史家であると認められたことは、どうせたいした者にはならないだろうと彼をみくびっていた学校の教師たち（そして父親）への、最後にして見事なしっぺ返しとなった。

チャーチルのように読む

チャーチルは大の読書家で、読むスピードの速さと重要ポイントを素早くつかむ能力とで有名だった。彼が読んでいた本のタイトルや作家を、ほんの一部ではあるが挙げておく。多岐にわたる本を読んでいたことがわかるだろう。

◉『年鑑——世界の出来事（*Annual Register: A Record of World Events*）』。１７５８年から毎年出版されていた重要な一次資料。チャーチルは子どものころから読みはじめた。現在起こっている出来事を知りたいときに信頼できる情報。チャーチルは生涯にわたって頼りにしていた。

◉アリストテレス（紀元前３８４〜３２２）。プラトンの弟子である哲学者。歴史上、最古の偉大な科学者。

◉チャールズ・ダーウィン（１８０９〜82）。『種の起源』、『ビーグル号航海記』で、進化論や自然選択説を説いたイギリスの自然科学者。

◉エドワード・ギボン（1737〜94）。『ローマ帝国衰亡史』で有名なイギリスの歴史家。チャーチルは「私はギボンに夢中だ。最初から最後まで意気揚々と読み、そのすべてを楽しんだ」と述べている。

◉ヘンリー・ハラム（1777〜1859）。『イングランド憲法史（*Constitutional History of England*）』はとくにチャーチルに影響を与えた。

◉ラドヤード・キプリング（1865〜1936）。詩人、子ども向けや大人向けの物語の作者。大英帝国の優秀な記録者として頭角を現す。1907年にノーベル文学賞を受賞。主な作品に『ジャングル・ブック』、『ゾウの鼻が長いわけ——キプリングのなぜなぜ話』、『プークが丘の妖精パック』、『キム』がある。

◉トーマス・エドワード・ロレンス（1888〜1935）。アラビアのロレンスとも言われ

「私が思うに、若者は、年寄りが食べものに気をつけるのと同じように、何をどう読むべきかを考えなくてはいけない。食べすぎはいけない。よく嚙まなくてはいけない」

1934年のエッセイより

る。チャーチルの親しい友人だった。1920年代には、植民地省でチャーチルのアドバイザーを務めていたこともある。1916年から1918年にかけて起こったアラブ反乱への関与について記した自伝『知恵の七柱』が1922年に出版され、チャーチルはつねづね愛読書だと述べていた。

●ウィリアム・エドワード・ハートポール・レッキー（1838〜1903）。アイルランドの歴史家。宗教、合理主義、倫理などについて広く執筆した。評判となった『18世紀のイングランドの歴史（*History of England During the Eighteenth Century*）』も執筆。

●マコーリー卿（1800〜59）。ホイッグ党のリーダー的な存在だった政治家。有名で影響力があった『英国史　革命の部』の執筆者。チャーチルは学生のころマコーリーの『古代ローマのかたち（*Lays of Ancient Rome*）』を暗記していた。だが、そのうち「真実よりも物語を好む、文芸詐欺師のプリンス」と呼ぶようになった。初代マールバラ公に対して思いやりがなかったことが大きな理由だったようだ。

●トマス・マルサス（1766〜1834）。イギリスの聖職者、政治経済学者。主な著書に『人口論』がある。人口は戦争、飢饉、疾病、自然災害などによって抑制されることを論じた著書。

●サマセット・モーム（1874〜1965）。人気のある作家・劇作家。著書に『ランベスのライザ』、『月と六ペンス』などがある。モームとチャーチルはのちに友人となる。
●プラトン（紀元前428または427～348または347）。有名なギリシャの哲学者、学者。
●ウィンウッド・リード（1838～75）。歴史家、哲学者、冒険家。チャーチルに与えた影響については、「神と折り合いをつける」の章で後述。
●アウトゥル・ショーペンハウアー（1788～1860）。哲学者。『意志と表象としての世界』。
●サー・ウォルター・スコット（1771～1832）。スコットランドの有名な歴史小説家。『アイヴァンホー』。
●アダム・スミス（1723～90）。1776年に出版された『国富論』は近代の経済学の基礎となった。
●ロバート・ルイス・スティーヴンソン（1850～94）。スコットランドの小説家。『宝島』、『さらわれて　デイビッド・バルフォアの冒険』など、冒険物語を書いている。

「あまり教育のない人間に引用句の本を読ませるのは結構なことである……頭にしっかりと彫りつけられた引用句は、人にいい考えを与える」

『わが半生』より

チャーチルの本棚にはほかにもジェーン・オースティン、ブロンテ、バイロン卿、トーマス・カーライル、ミゲル・デ・セルバンテス、トマス・ド・クインシー、ジョン・ドライデン、ジョージ・エリオット、ヘンリー・フィールディング、ウィリアム・ホガース、サミュエル・ジョンソン、ジョン・ロック、ジョン・ミルトン、モリエール、プルタコス、エドガー・アラン・ポー、ジャン・ラシーヌ、ウィリアム・ワーズワースなどの著書が並んでいたことがわかっている。

シェークスピアをのぞけば、チャーチルほど、さまざまな英語の文献に引用されている人はいない。そのチャーチルが、数々の名言集が好きだったのは興味深いことだ。それが無限の知識を手に入れる近道だと、彼は知っていたのだ。

野心を抱く

「ニュースを聞く人より、
ニュースをつくる人になるほうがいい。
批評家ではなく、
行動する人になるほうがいい」

『マラカンド野戦軍従軍記（*The Malakand Field Force*）』（１８９７年）より

若いころは誰からも将来性を見込まれていなかったチャーチルだが、何度失敗しても、ひどく自信を喪失することはなかったようだ。逆境にあるときでも、自分は必ず名をあげられるはずだと信じていた。皮肉なことに、彼の自信と大きな野心は、若いころに父親から過小評価されていたからこそ生まれたものだった。

チャーチルの自信が権利意識から来ていたのはまちがいないだろう。結局のところ、彼は名家の生まれだし、自分こそが軍のヒーローであると自慢気に話す人物なのだ。父親も、軽率な行動によって時流が変わりさえしなければ、首相になっていたかもしれない。先述したとおり、チャーチルの子ども時代はのどかなものではなく、彼の経験をうらやむ人はほとんどいないだろう。それでも、富と権力と親の七光りに恵まれていたのは確かだ。成績が悪いからといって、何を気に病むことがあるだろう? なんといってもウィンストンはチャーチル家の一員であり、チャーチル家の男子は世界で名を成すものと思われていたのだから。

すぐに、彼には人もうらやむような能力が備わっていることが明らかになる。つねに目標を見据える能力だ。サンドハースト王立陸軍士官学校ではよい成績をおさめていたので、将来有望な軍人として、まっすぐにキャリアを積んでいくだろうと思われていた。だが、彼は軍のなかでも変わった立ち位置につく。軍人兼ジャーナリストになったのだ（当初から自分を売りこむのが得意だった）。

1895年、彼は第4軽騎兵連隊に加わった。第4軽騎兵連隊は裕福な人が集まる連隊で、入隊するには金銭的な余裕が必要だった。チャーチル家の家計は父親が亡くなってから苦しく、母親のジェニーはチャーチルに別の連隊に入ってほしがっていた。だが、彼は考えを変えようとしなかった。しかし、この排他的な連隊に加わったあとは、ほかのメンバーと一緒に過ごすことはほとんどなかったという。

そのかわりに海外遠征をして（詳しくは次章で述べる）、独立した軍人として活動し、空いた時間は従軍記者としての腕をみがいた。彼は軍事歴史家であり、小説家の卵でもあった。一見すると愚行にも思えるが、これにはきちんと意味があった。チャーチルはこう言っている。「たんなる職業軍人になるつもりはありません」。1896年には、サー・フェリックス・セモン（チャーチルの発話障害を軽減するため、喉の手術を行った医者）に向かってこう言ったという。「経験を積みたいだけなのです。いつの日か、私も父のように政治家になるつもりです」。その一年前に母親に向かって言った言葉からも、彼がつねに政治家になりたいと思っていたことがわかる。「これは面白いゲームです。政治という名のゲームです。じっさいに足を踏み入れる前に、いい手を待つだけの価値があります」

野心というものは神経質に疑ってかからなくてはならない、と考えるのが控えめなイギリス人の特徴だが、たとえばアメリカなど他国では、野心は美徳とされている。半分アメリカ人の血が流れているチャーチルは、自分の大志を恥じることなどなかったのだろう。1943年には母校のハロー校で後輩たちに向かって述べている。「どうか高い思考力と、高い野心をもつ人になってください」

労働党のクレメント・アトリー――チャーチルの政敵で、彼のあとに首相の座に就いた人物――は、チャーチルが首相官邸でこう述べたと語っている。「もちろん私はエゴイストだ。エゴイストでなければやっていけない」。アトリーはこの発言によって、チャーチルの人気は陰るだろうと思ったという。だが、チャーチルの言葉には一理ある。出世欲なくして、この世に足跡を残した人など数えるほどしかいない。

ナチスからイギリスを救った男、という確固たる名声を手にしたチャーチルだったが、80代になってもなお、心の中では野心の火が燃えつづけていた。それゆえ、1945年7月、戦後初の総選挙で保守党が負けたことに、ひどくショックを受けた。数年後、当時のことを振りかえって語っている。

国家のリーダーから、たんなる政党のリーダーに転落すると考えただけで、ひどく苦しかった……あのときは私も疲れきって、体も弱ってしまい、別館で行われた内閣の会合を終えて階段をあがるときには、椅子にすわったまま海兵隊に運んでもらわなくてはならない有様だった。それでも、私の頭の中には世界の動静がすべて入っていた……自分が拒否されたとは信じがたかった。

首相としての責務を果たしたいという気持ちで続投を望んでいたのだろうが、こうした発言を見ると、国民から不信任を突きつけられて、自尊心が傷ついていたのがわかる（戦前の体制のままの政党が否定されたのであって、チャーチル自身が否定されたとする分析結果はほとんどない）。

1953年12月の発言からは、義務感と自尊心の両方が感じとれる。ドイツ帝国の海軍増強を陰で操っていたフォン・ティルピッツ海軍元帥の息子に向かって述べた言葉だ。「もう私に野心はありません。しかし、目の前には自分が果たすべき最後の仕事があります。これを私から取りあげられる人は、おそらくいないでしょう。その仕事とは、世界の緊張を解き、平和と自由への道を切り拓《ひら》くことです」。じつに多くのことを成し遂げた男は、最後に人類の発展のために貢献しようと考えていた。「おそらく」という言葉を使ってはいるものの、その仕事は自分にしかできないと信じていたのは明らかだ。

冒険心を忘れない

「危ない橋を渡れ。
物事をあるがままに受け入れろ。
何もしないことを恐れろ。
すべてはうまくいく」

1932年、『デイリー・メール』紙に投稿した記事よりチャーチルはたびたび体調を崩した。若いころには肺炎で死にかけたこともある。事故にもよくあった。ひどい転落事故も何度かあったし、1931年にはニューヨークで車にひかれて死にそうになった。そういう星のもとに生まれついたのだろうか。それでも、彼が怖気《おじけ》づくことはなかった。何度も危機に瀕《ひん》したおかげで、無茶をしたり危険に身を投じたりする勇気が身についたのだろう。戦時中、首相の座にあったチャーチルは、形勢が不利なときでも大胆で恐れ知らずだったが、それは若いときに培われたものなのかもしれない。

来るべき危機の時代に備えて、国と、国民ひとりひとりを強くしなくてはならない、とチャーチルは戦時中、繰り返し述べた。たとえば、1940年にはこんなことを書いている。「『安全第一主義』は戦時においては破滅への道である。それは安全であって、安全ではない」。イギリスがもっとも危機に瀕していたときには、国民に向かってこう述べた。「休んでひと息ついている場合ではありません。いまこそ立ち向かい、耐え忍ぶときです」

2年後、陸軍大将のスマッツ――南アフリカの首相で、ロンドンにいたときは戦時内閣にも入閣した人物――に宛てた手紙でこう書いている。「私たちは相手に立ち向かう力を失ってはいけないのです。暗い時代にはなおさらです」。1943年9月に下院で行った演説では、無謀なことはすべきではないが慎重すぎてもいけない、と語った。「リスクをとらなくてはいけません。戦争において確実なものなどないのですから。どちらに行っても危険はあります。警戒しすぎても、無鉄砲でもいけません」

運命は勇敢な者に微笑むと、チャーチルはいささかも疑っていなかった。この哲学こそ、彼を何年にもわたって突き動かしてきたものだ。とくに従軍しているときはそうだった。たとえば、1895年には、従軍経験を得ようとキューバへの渡航を画策した。高まる民族解放運動の抑圧に必死だったスペイン軍と行動を共にしようと考えたのだ。チャーチルのいた連隊は、快く彼を送り出した。実戦経験を積むことほど有益なものはない。彼はこのとき初めて敵の攻撃にさらされ、戦争の最前線で危険に身を投じた。このときばかりは、ビジネスのことは頭になかっただろう。

1896年、イギリス軍とともにインドに派遣されると、北西戦線でサー・ビンドン・ブラッド将軍率いるマラカンド野戦軍に加わった。このときも前線の血みどろの戦いを間近で目撃している。その後、スーダンで軍事作戦を展開していた第21槍騎兵連隊にも短期的に加わった。1898年のオムダーマンの戦いでは、イギリス軍史上、最後にして最大の騎兵隊の突撃にも一役買った。

さらに、文才を生かして劇的な戦闘の様子をつづり、遠い地で起こっている痛快な冒険物語を読みたいと切望する大衆に提供した。インド北西の前線での戦いは初の著書の材料となったし、スーダンでは軍事行動をしながら、『モーニング・ポスト』紙の契約記者の仕事もしていた。

1899年に軍を退官すると、すぐに次の冒険へ繰り出す。今度の行き先は第二次ボーア戦争が勃発していた南アフリカだ。ここでも、前線から『モーニング・ポスト』紙に定期的に記事を書き送り、じゅうぶんな報酬を得た。チャーチルは冒険そのものが好きだったが（そうでなければ、前線に身を置いたりしないだろう）、自分の冒険が文章になって公開されるのを望んでいた。自分が勇敢な冒険者であることを世間に知ってもらいたかったのだ。

すでに政治家として国内で名声を得ていたものの、危険を顧みず物事に首を突っこみたくなる衝動を抑えられないときもあったようだ。たとえば1911年、不満を募らせたラトヴィア移民たちが次々と犯罪を起こしたことがあった。結局この事件はロンドン東部での銃撃戦に発展し、のちにシドニー街の戦いと呼ばれるようになったのだが、当時、内務大臣だったチャーチルはこれに好奇心を刺激され、シルクハットと、毛の裏地がついたコートを着て緊迫した現場に現れ、周りからの注目を集めたという。このときのことは後年、こう述べている。「おとなしく仕事部屋に残っているべきだった」

1914年10月に第一次世界大戦が勃発すると、ドイツ軍を撃退するためにイギリス、フランス、ベルギーの連合国軍が戦っていたアントウェルペン防衛戦に姿を現した。そして、驚くことに、この市街戦の指揮をとらせてくれるなら海軍大臣を辞任すると、当時の首相ハーバート・アスキスに提案したのだ。この提案は即座に却下されたが、同僚のなかにはこの提案に驚嘆し、却下されたことを悔しがる者もいたという。チャーチル自身はこの機会が自分にとっての「ブレンハイムの戦い」だと思ったのだろうが、周りの人の目には、冒険のにおい（栄光のにおい）をかぎとると、目の前の責務をかんたんに放棄する人だと映った。

1900年にチャーチルが南アフリカから定期的に母親に送っていた手紙を見ると、彼の危機に対する態度がはっきりとわかる。「成功したいなら、ライオンの口に頭を突っこまなくてはいけません」。正直、遠く離れた戦地にいる我が子から聞きたい言葉ではないだろう。だが、これこそ、彼が長く輝かしいキャリアの中で貫いてきた方針なのだ。

大脱走

特殊な出来事がたびたび起こったチャーチルの人生だが、なかでも1899年、ボーア戦争時に捕虜収容所から脱走した話はいまでも衝撃的だ。チャーチルはじつに彼らしい方法で、その詳細をうまく国民に知らせた。本人による本物の冒険物語として公開し、イギリスと大英帝国の諸国で、勇気あるヒーローとの名声が高まるようにしたのだ。

この出来事の少し前、チャーチルは初めての選挙に臨んでいた。しかし、オーダム選挙区の補欠選挙で敗れ、下院の議席を得ることができなかった。この傷を癒《いや》すかのように、彼は南アフリカで起こっていたイギリスとボーア軍との戦いを記録して報酬を得ようと、『モーニング・ポスト』紙と交渉した。そして、10月に船でケープタウンまで行ったのちに、義勇農騎兵団に合流する計画を立てた。このときも、兵士とジャーナリストのどちらが本業なのか、わからないほどだった。

だが、騎兵団に加わる前に、ボーア軍に捕らえられてしまう。控えめに言っても、事態は深刻だった。不機嫌な敵側の将校にすぐに銃殺されてもおかしくなかった。だが、そうはならなかった。自分はジャーナリストであり、戦争捕虜として捕らえられるいわれはないのだと、チャーチルは説明した。だが、敵はその主張には懐疑的で、彼を捕虜としてプレトリアに送ることを決定する。

チャーチルとふたりの仲間（エイルマー・ハルデインと、メイジャー・ブロッキー軍曹）は、大胆な脱走計画を立てた。じっさい、計画はかなりずさんなものだったようだ。壁をよじ登って外に出て、そこからはとにかく走る、というのだ。怖くて体がよく動かなかったとチャーチルは認めているが、その彼がいちばんに壁を越えた。1時間後、仲間のふたりは壁を越えなかったことがわかった（監視員に気づかれたと思い、計画を延期したという）。そこで、チャーチルはひとりで先に逃げた――ともかく、逃げようとした。

その先は国を縦断しての脱走劇となった。列車にこっそりと乗りこみ、坑道に隠れ、羊毛を運ぶ貨車にもぐりこんだ。捕虜収容所の壁を乗り越えてから1週間半後、ようやくポルトガル領東アフリカのロウレンソ・マルケス（現在のマプート）のイギリス領事官の保護下に入

「私はあなた方の監視下から逃れることにしました。外にいる友人と立案した計画には自信をもっています」

1899年、南アフリカ共和国の戦争大臣に宛てた手紙より

る。そこからイギリス統治下のダーバンに向かう船があることがわかった。そのころ、ボーア当局は、チャーチルを見つけた者には25ポンドの報奨金を出すと書かれた指名手配のポスターを広範囲にばらまいていた。

おそらく、この話の中でもっとも注目すべきは、チャーチルが南アフリカ共和国の戦争相スウザ氏に宛てた手紙だろう。書いたのは12月10日（脱走する2日前）。その中でチャーチルは自分の計画について書いたうえ、捕虜として扱われた日々のことを振りかえっている。このことは1900年に出版された、ボーアでの冒険を記した『ロンドンからプレトリア経由レディスミスへ（*London to Ladysmith Via Pretoria*）』で言及されている。

あなたの国の政府が私を軍人として拘束する理由はまったくありませんので、あなた方の監視下から逃れることにしました。外にいる友人と立案した計画には自信をもっていますので、今後あなた方にお会いすることはないでしょう。

さらに、捕虜になっていたあいだ手荒な扱いは受けなかったと述べ、イギリス軍に帰ったら、それを証言するとも書いている。また、丁寧な対応をしてくれたスウザ氏へ個人的に感謝を述べるとともに、首都プレトリアの、もっとよい環境下でぜひお会いしたいとも書いている。手紙の結びにはこうある。「きちんと会ってお別れが言えなかったことを後悔しながら。ウィンストン・チャーチル」。古き良きイギリス人の、逆境に相対したときの大胆さを絵に描いたような人物である。この境地に達するのには時間がかかりそうだ。

肝の小さい人なら、ダーバンに着いたのち、安全な母国に帰ろうと思うことだろう。だが、チャーチルは次の冒険に出かける。南アフリカ軽騎兵連隊に入隊し、そこで半年を過ごした。彼がイングランドに帰国したのは1900年の7月になってからのことだ。ようやく5年にわたる国外での冒険を終え、ここから政治家としてのキャリアを本格的に積んでいくことになる。

物語の紡ぎ方を知る

「私はつねにペンと言葉で生活費を稼いできた」

1954年、80歳の誕生日を祝う席での言葉

チャーチルは国内外で有名になりつつあったが、南アフリカでの脱走劇が彼の名声を不動のものにした。自分の大胆な行動をうまく話す能力に長《た》けていたことも大きい。自分の功績を控えめに話すような人物でもなかった。

彼は1895年から1900年にかけての冒険譚《たん》を、契約を結んでいた新聞社に提供して多額の報酬を手にし、後年には著書にも盛りこんだ。政治家の仕事と従軍記者の仕事を両立させるのは簡単ではなかったが、やる価値はじゅうぶんにあった。個人的な収入が得られるうえに注目度も高まる。それこそ、政治家として長期的な目標を見据えていた彼が狙っていたものだった。自分が北西戦線から書き送った手紙を、『デイリー・テレグラフ』紙が「ある若い将校の手紙」として紙面にのせると、彼はひどく立腹したという。母親に宛てた手紙のなかで、その件について愚痴を書いている。あの記事は「私という人物を有権者に知らせる目的で」書いた、というのだ。

1900年には作家としてじゅうぶんな収入を得ていたほか、講演者としても人気があった。翌年の1901年にかけて、イギリスとアメリカで広範囲にわたって講演をして回っている。これは、収入だけが目的ではなかった。英語という言葉に対して心から情熱をもっていたし、このとき身につけた独特の発声法は、その後の長い人生において役に立った。もちろん、彼が書いた文章の質はいつも最高だったわけではない。心をこめて書いたというより、仕事だから仕方なく書いたものも、ときにはあった。それでも、彼が書いた文章を読むと、あらゆる面から見て、彼がいかに筆の立つ物書きであり、名文家であったかがわかる――戦時中の名演説家といわれるゆえんだ。『わが半生』の中にも、こんな記述がある。「いったい私は広く語彙を収集し、言葉に対する興味をもち、言葉を銭入れ自動機に銅銭を入れるごとく、ピタッとはめることが好きだった」

また、1908年には、ロンドンの作家クラブでこんなことを

言葉の創作家

チャーチルは尊敬するシェークスピアと同じように、いくつかの言葉を創作したことで有名だ。たとえば、1953年のスターリンとのトップ会談に先立って「サミット」という言葉を創ったのは彼だ。また、「裏切り者」と同意語の「売国奴（quisling）」という言葉を一般的にしたのも彼だと言われている（ファシストの陸軍将校で、1942年にドイツ統治下のノルウェーで首相を務めたヴィドクン・クヴィスリング［Vidkun Quisling］にちなんだ造語）。

語っている。「英語とはなんと高潔な伝達手段なのだろう。ほんの1ページ書くだけでも、母語のもつ豊かさと多様さ、柔軟性と深遠さに喜びを覚える」。だから、文豪たちから刺激を受けようとしていたと聞いても驚かない。1949年には「英文学は万人に開かれた、輝かしい遺産だ」と語り、英文学の作家は「莫大《ばくだい》な富と宝」の伝達者で、とくにジェームズ王が訳した欽定《きんてい》訳聖書と、シェークスピアの作品は突出した傑作だと述べている。

数々の名言集を好んで読んでいたチャーチルは、言葉を少しリサイクルすることも嫌いではなかった。たとえば、「血と労苦と涙と汗」という演説は、ガリバルディが1世紀も前にローマで革命軍に向かって言った言葉を真似たものであるのは明らかだ。チャーチルはさまざまな本を読んで、使える文体を探していた。家名を汚す、ならず者と言われたトーマス・マコーリーも、チャーチルに言わせれば「文章を短くまとめる天才」だった。

チャーチルが自分でも文学作品を書こうとしていたことは、案外忘れられがちだ。彼が書いた唯一の小説『サヴロラ』が1900年に出版されているが、これは金目当ての粗悪な作品だった。「この作品は読まないでくれと、つねに友人に向かって言っていた」と、何年もあとになってから白状している。ときには失敗作もあっただろうが、英語で書いたり話したりする人の中で、彼ほど巧みに言葉を操る人はいなかった。後年、画家としての才能も認められることになるが、絵と同じように、彼の言葉はまるで目に見えるかのようで、巧みに感情をゆさぶるものが多かった。次の言葉をぜひ読んでみてほしい。１９１４年12月、戦争の機運が高まっていたときに、当時の首相ハーバート・アスキスに向かって言った言葉だ。「わが軍を派遣して、フランドル地方の有刺鉄線を噛《か》みちぎらせる以外の案はないのでしょうか？」〝有刺鉄線を噛みちぎる〟などとゾッとする表現を使うことで、自分の主張をうまく伝えている。

公的な文書のなかでも、高い水準の言葉を維持するよう努めていた。大量の書類に目を通さざるを得なかっただろうから、官僚の特殊な言葉にフラストレーションを感じていたことは容易に想像できる。１９４０年には、同僚の政治家に向かってこう要求している。

「次のような検討事項を念頭に置いておくことも肝要であり……」「実行する可能性について検討することが必要であり……」などという言い回しはもうやめましょう。ほとんどが曖昧な表現で、話を長引かせているだけです。こうした表現はなくして、簡潔な言葉を使いましょう。砕けた表現であったとしても、短くわかりやすい言葉を使うことを恐れないでいましょう。

役人の話が長いことを非難したのも忘れがたいエピソードだ。外務大臣だったアンソニー・イーデンに、苦情を書いたメモを渡している。「考えを適度な長さにまとめて話さないのは、怠惰としか言いようがありません」

ルールを破るためには、何がルールなのかを知っていなくてはならない、とよく言われる。これはチャーチルと英語にも当てはまる。彼が言葉遊びをしていたのは、言葉を愛し、深く理解していたからだ。1908年に作家クラブで行ったスピーチからは、執筆に対する強い情熱がうかがえる。彼はこんなのどかな場面を口にする。さんさんと陽光がふりそそぐ朝、椅子にすわって、ぱりっとした白い紙を目の前に置き、万年筆を手に取る。あと4時間は何も予定がない。それこそ至福の時間だ、と聴衆に向かって述べたという。

ウィットに富んだ言葉遊び

チャーチルは言葉にうるさい人だったが、言葉遊びも楽しんでいた。だじゃれが得意で、さまざまな文脈でだじゃれを言っていた。自宅の鳥小屋をバッキンガム宮殿にかけて「チキンハム宮殿」と呼んだりもした。全軍を指揮下に置く「ジェネラリッシモ（大元帥）」にかけて、海軍の指揮官を「アドゥミラリッシモ」と呼ぶのを一般的にしたのはチャーチルだ。「立派な人が貴族の称号を得られるのなら、立派でない人は平民の称号を与えられるべきではないのか？」と皮肉を交えたものもある。

政治家からノーベル文学賞受賞者へ

チャーチルは文章を書くとき、つねに美しい、高水準の英語を使おうとしていた。だが、1900年に彼が従軍記者として前線から送っていた記事を読んでいた人は、彼が将来ノーベル文学賞を受賞するとは思いもしなかっただろう（『サヴロラ』を苦労しながら読んだ人ならなおさらだ）。いい意味で「物書き」と呼ばれた時期もあった。1930年代、政権の中枢にいなかったときは、じつに400もの記事を書きまくっていた。しかし、妻によれば、チャーチルも、彼の筆力も、正当には評価されていなかったという。

チャーチル本人も、ジャーナリストという職業に幻想を抱いてはいなかった。1929年、息子とともにカナダへ旅行したときに、こんな意見を述べている。「今日の午後は美しい木々が豪快に切り倒されるのを見た。パルプにされ、くだらない新聞になり、これぞ文明、などと言われるのだ」。さらに3年後、『ストラ

「永遠に残るのは言葉だけだ」

1938年の言葉

ンド』誌に寄稿した記事でも、新聞に対する意見を述べている。「新聞は一般的な人たちに代わって、さまざまな思考をしてくれる。じっさい、新聞は標準化された意見を一般の人たちに絶えず提供してくれるので……自分なりの意見を持つ必要もないし、その時間もいらない。これらはすべて、すばらしい教育プロセスの一部にすぎない。ただ、こうして得た知識は片方の耳から入り片方の耳から出ていくだけだ。普遍的ではあるが、表面的な知識にすぎない」

チャーチルは記事や意見を投稿して薬巻や高級な食材を買う資金を稼ぐいっぽう、軍人、政治史に関する歴史家、回想録の筆者としてのキャリアも積んでいた。数巻におよぶ『世界の危機』や『マールバラ公爵——その人生と時代』、自伝的な作品である『わが半生』にも、優れた点がたくさんある。だが、チャーチルの名を押し上げたのは、なんといっても、歴史家かつ目撃者の立場で大戦を振りかえった回顧録『第二次世界大戦』だろう。250万語にもおよぶこの歴史文化的な作品は、いまでも高く評価されている(野党のリーダーだったころから首相在任中まで、備忘録のように書き留められていたという)。

1953年にじっさいにノーベ

「歴史が書かれ、読み継がれていくかぎり、ウィンストン・チャーチルの言葉と功績は、わが国の貴重な遺産となるだろう」

1965年、ハロルド・ウィルソン首相の言葉よりル文学賞を受賞する以前にも、チャーチルの名前は何度かノーベル委員会で候補として挙げられた。1940年代の記録を見ると、チャーチルはすばらしい歴史家ではあるものの、ノーベル賞という大きな賞を受賞するほど重要ですばらしい文学作品を書いているわけではない、と評されている。それでも、演説者としての功績を考慮に入れれば、合格点だとも書かれている。とにかく、演説においては彼に匹敵する者はいなかった。そしてまた、言葉の美しさはもとより、ナチズムを倒すのに一役買ったという点でも、彼の演説者としての才能は賞賛に値するものだった。

『第二次世界大戦』が出版されたことで（少なくとも、もっともすばらしい最終巻が出版された1954年には）、チャーチルは重要な文学者ではないという議論を正当化するのが難しくなった。そして、何年も候補にあがったあげく、ついにすばらしい栄誉にあずかることになったのだ。公式の発表では「歴史的かつ自伝的な表現が秀逸であり、人間の崇高な価値観を擁護する文章がすばらしい」として、彼の受賞を決めたとされている。

チャーチルは授賞式には出席できなかった（バミューダ諸島で、アメリカの大統領とフランスの首相と会談を行っていた。授賞式を欠席するのに、これ以上の言い訳はないだろう）。そこで、妻のクレメンティーンが夫の代理で受賞スピーチを読みあげた。

私が名前を連ねさせていただいたノーベル文学賞には、20世紀の世界文学において傑出した方の名前が多く記されており……たいへん光栄でありますが、私をそこに含めるという決断には、まことに恐れ入るしだいであります。その決断がまちがっていないことを願っております……が、みなさんがなにも心配していらっしゃらないようであれば、私も心配するべきではないのでしょう。

言葉を伝えるのが得意な彼らしく、謙遜とプライドをほどよく交えたスピーチだ。スピーチで述べた言葉や、口にしたすべての言葉がすばらしいわけではなかったとしても、彼が生涯に書いた作品や演説はすばらしいものだった。彼はこの章の初めに記した言葉に続けてこう述べた。「工学技術によって生み出された奇跡のような建造物も、時の流れとともに崩れていく……だが、言葉は、2000年、3000年前に発されたものであっても、今も我々とともに生きている。しかも、たんなる過去の遺物ではなく、当時の潑溂《はつらつ》とした力をもったまま生きている」。チャーチルの言葉も――書かれたものでも、話されたものでも――何百年、何千年と伝えられていくことだろう。

完璧なパートナーを見つける

「私は結婚をし、
以後、今日まで
幸福に暮らしている」

1930年、『わが半生』より

1948年11月、エリザベス2世が第一子のチャールズ王子を生んだとき、チャーチルはこう述べた。「家族、家庭の中でこそ、人間社会におけるもっとも優れた美徳や、もっとも支配的な美徳が生まれ、強化され、維持されていくのです。そのことに疑う余地はありません」すばらしい発言だが、これを述べたのは、複雑な家庭で満たされない子ども時代を過ごしたチャーチルだ。幼少期の家庭環境は厄介なものだったが、それでも彼は妻を見つけて新しい家庭を築いた。偉大な男の陰には偉大な女性がいる、とよく言われる。チャーチルの場合も、まさしくそうだった。金銭的に豊かであったとはいえ、生涯のパートナー、クレメンティーンがいなければ(愛称はクレミー)、彼がたどったキャリアの軌跡は違ったものになっていただろう。

知的で強い意志をもつ彼女は、仕事の面では夫を無条件に支えたが、プライベートでは夫に対する要求が高かった。ただ、チャーチルはけっしてフェミニストではなかった。女性の参政権を求めるサフラジェットの運動が起こった当初は、彼の態度もまだ曖昧で、少し支援したかと思えば、あからさまに敵意を向けることもあった。女性初の議員であるナンシー・アスターは、議会で初めて会ったとき、チャーチルは自分と話をしようともしなかった、と回想している。彼女がこのときのことをチャーチルに問いただすと、彼女と議会で会ったときは、風呂場にいてスポンジしか体を隠すものがないところに女性が入ってきたような感じだった、と述べたという。だが、生涯をともに過ごす女性には、内面に強さをもった独立心の強い人を選んだのだ。

とにかくふたりの相性がよかったのだろう。1950年には、こんなことを言っている。

自分の心に従う

チャーチル夫妻の関係は強く持続的なものであったが、クレメンティーンはチャーチルの初恋の人ではなかった。初恋の相手という名誉にあずかったのは社交界の華、パメラ・プローデンだった。その次の相手はハーバート・アスキス首相の娘ヴァイオレット・アスキス。彼女はどことなくクレメンティーンに似ている。ヴァイオレットとは婚約寸前までいった。もしクレメンティーンからプロポーズを断られていたら、ヴァイオレットと結婚していたかもしれない、とチャーチルは書いている。ヴァイオレットはチャーチルにすてられたと思って取り乱したという。チャーチルの結婚式に出席しなかったのも無理はない。

「家族とは、若い男性が女性と恋に落ちるところから始まるのだ。それ以上の答えはまだ見つかっていない！」

クレメンティーンはまちがいなく「運命の相手」だった。1908年、チャーチルと、10歳年下のクレメンティーンは結婚した。チャーチルが1935年に『ニュース・オブ・ザ・ワールド』紙に書いたところによると、「クレメンティーンとの結婚は、人生でもっとも幸運で嬉しいことだ。あさましい考えをもたない人とともに人生を歩むことほど、すばらしいものはない」。その後、ふたりはダイアナ（1909年誕生）、ランドルフ（1911年誕生）、サラ（1914年誕生）、マリーゴールド（1918年誕生）、メアリ（1922年誕生）という5人の子どもに恵まれることになる。

だが、家庭生活は掛け値なしに幸せだった、とは言えない。マリーゴールドはまだ2歳のときに敗血症で亡くなったし、1963年にはダイアナが睡眠薬を大量に飲んで自殺をはかり、チャーチルよりも先に亡くなった。さらにクレメンティーンは、チャーチルが亡くなった数年後、もうひとり子どもを失くした。まだ57歳だった息子のランドルフが心臓発作で亡くなったのだ。ほかにも、結婚がうまくいかなかった子や、アルコールの問題を抱えていた子もいた。

残念ながらチャーチルとクレメンティーンの子育ては、チャーチル自身が育ってきた環境と似ているところがあった。チャーチルは仕事で長期間、家を空けることもあったため、主にクレメンティーンが子どもの面倒を見ていたのだが、彼女にはどこか冷ややかなところがあった。いっぽう、長男ランドルフの明るい将来を夢見ていたチャーチルは、自分が留守がちな分、息子を甘やかした。ランドルフのことは、もう少し父親がうまく導き、自律を教えてやったほうがよかったのかもしれない。大人になってからのランドルフは、プライベートでも仕事でも苦労するようになった。歴史は繰り返すと言うが（ランドルフは、チャーチルが自分の父親に憧れを抱いていたのと同じように、チャーチルに対して憧れを抱いていた）、チャーチルは息子にきつくあたるようになり、1929年にはこう言ったという。「お前はまったく無益な生活を送っている」

それでも、チャーチルとクレメンティーンの関係は温かく強いものだった。たしかに完璧な家族はつくれなかったかもしれないが、そういう人はほかにもごまんといる。それよりも、どの家庭にもあるような山あり谷ありの日々を、ずっと一緒に過ごしてきたことを祝福するべきだろう。ごく普通の家庭でも長く添い遂げるのはすばらしいことだが、夫婦のどちらかがその時代の偉人と呼ばれるようなキャリアを築いている場合には、なおさらだ。

クレミー

1885年4月1日、クレメンティーン・チャーチルは、ロンドンのメイフェア地区で、将来の夫と同じように高貴な家に生まれた。両親はヘンリー・ホジアーとレディ・ブランシュ・(オギルヴィ)・ホジアー――少なくとも、公的にはそのように記されている。レディ・ブランシュには何人も愛人がいたことが知られており、クレメンティーンの父親がヘンリーであるかどうかについては強い疑いが残っている。クレメンティーン自身も疑っていたという。

彼女は1904年にチャーチルと出会うが、そのときはほんの短時間の交流だった。だが、4年後にディナー・パーティで再会すると、一気に距離が縮まった。彼女は目を引くような美人で、社交的だった。後年、彼女はチャーチルに「圧倒的な魅力と輝き」を感じたと述べている――気の毒なことにヴァイオレット・アスキスに勝ち目はなかったようだ。ふたりは1908年の8月に婚約し、翌月にウェストミンスターにある聖マーガレット教会で式をあげた。チャーチルの彼女への思いは、彼女の母親ブランシュに宛てた手紙によく表れている。手紙には、自分にはまだ富も地位もないと謙虚に認めつつ、クレメンティーンとの愛情を大切にしようと思っている、と書かれている。結婚には愛情があればじゅうぶんだと思っていたようだ。さらに、彼女を幸せにして、彼女の美しさと高潔さにふさわしいものを与えます、と約束している。

重要な地位にある政治家としての重圧があったことを考えると、彼にとって結婚生活は心身ともに回復できる場所であり、真の愛情にあふれたものだっただろう。ふたりのあいだで交わされた、いまなお現存する1700通もの手紙を見れば、それがわかる。チャーチルはクレメンティーンのことをネコちゃんと呼び、クレメンティーンはチャーチルのことをパグ犬（あるいはブタさん）と呼んでいた。彼はクレメンティーンを最高の引き立て役だと思っていた。夫に健全なアドバイスをしてくれるし（妻からのアドバイスは夫をピリッとさせるものだ。ただし、いつも聞き入れるわけではない）、なにより人を見る目があった。

結婚生活は、長い期間、あまり身体的なものは伴わなかったらしい。ほとんどの期間、ふたりはベッドルームを別にしていたし、チャーチルは自分がこれほどエネルギッシュなのは「ベッドで無駄なエネルギーを使っていないからだ」と言ったこともあった。それでも、妻は最愛の人だった。いっぽう、クレメンティーンは、自分の人生を彼の人

「愛情の貯金というものがあるのなら、私はつねに君に多くの借金をしているようなものだ」

1935年、妻に宛てた手紙より

生に合わせ――当時の風習ではそれが当たり前だった――夫がキャリアを築いているときに、家を守り家族の面倒をみていた。

それでも、彼女はとても強い意志をもった女性で、夫が道をはずれていると思ったときには夫に反対した。たとえば、1936年に王の退位問題が起こったときは（エドワード8世が離婚歴のあるアメリカ人女性ウォリス・シンプソンと結婚したいと言いだし、憲法上の危機となった）、夫とは反対の意見を述べた。チャーチルは古くからの友人でもあるエドワード8世に同情して話を聞いたりしながら解決策を模索したが、うまくいかなかった。クレメンティーンはどちらかといえば楽観的で、世論寄りの意見だった。王としての仕事が第一の使命であり、個人的な感情に流されるべきではない、という考えだった。公益のために犠牲をはらっている彼女にしてみれば、そう考えるのも当然だったろう。

戦時中も、必要とあらば夫を非難した。1945年の総選挙のときには、「ゲシュタポ・スピーチ」のようなレトリックは逆効果で、保守党の敗北につながるから使わないほうがいいと夫を説得しようとした（「風向きを読む」の章を参照）。6年後に、チャーチルが2期目の首相を務めることになったときも反対した。もうじゅうぶんだと思ったのだろう。ときおり、フラストレーションから乱暴な態度をとったことも知られている――ほうれん草が盛られたお皿を夫に投げつけた話は有名だ。

どの夫婦にもあるように、ふたりが深刻な緊張状態に陥ることはたびたびあった。１９４５年の総選挙で負けてチャーチルが暗い気分に陥っているとき、クレメンティーンは娘のメアリに手紙を書き送っている。助けあうどころか口論ばかりしている、と意気消沈したような言葉で書かれている。自分にも悪いところがあるのは認めるけれど、夫にも夫の不機嫌に対処するのも難しい、とある。

クレミーという女性

出世していく夫をしっかりと背後で支えてはいたが、彼女は影の存在に甘んじているような女性ではなかった。エネルギッシュで、つねにそのエネルギーに突き動かされていた。たとえば、第一次世界大戦のときには、ロンドンの軍需工場で働く労働者のための食堂を運営した。その活動が認められ、１９１８年には大英帝国勲章を獲得している。第二次世界大戦のときには、赤十字社とキリスト教女子青年会の救援プログラムを指揮したほか、下級将校の妻のためのフルマー・チェイス助産院の代表も務めた。戦争が終わると、ＧＢＥ（大十字騎士）の勲章を受章し、貴族院の議席を得た。高く評価されていた夫と同様に、彼女自身もあらゆる点ですばらしい人だった。

それでも、彼らの結婚生活は、もっとも苦しい時期を乗り越えていった。1935年に、チャーチルはこんな手紙を妻に宛てて書いている。「時の流れは早いものです。でも、波乱万丈で、悲惨で、散々だった日々の混乱やストレスのなか、ともに集めた宝物のすばらしさを目にしたり、それが成長していく様子を眺めたりするのは、楽しいものですね」

クレメンティーンは1977年12月、ロンドンで亡くなった。彼女は偉大な男性の妻だっただけでなく、独立心のあるすばらしい女性だった。チャーチルは、万が一自分が第一次世界大戦で死んでしまったら妻に送付されるはずだった手紙に、こう書いている。「君は私に、女性の心がどれほど気高いものになり得るかを教えてくれた」

イデオロギーを問い直す

「文明国であるということは、人々がより幅広く、より悩みの少ない生活ができるということです。伝統をいつくしみ、過去の賢人や英雄から受け継いだ遺産を豊かな財産とし、万人がそれを享受するのです……」

1938年、ブリストル大学で行ったスピーチよりチャーチルのキャリアを見ると、適応力の高さが際立つ。それをずる賢いと思う同僚もいた。1900年に保守党の議員として政界入りしたものの、1904年には自由党に鞍替《くらが》えし、1924年にはふたたび保守党に戻っているのだから。とてつもなく優柔不断だと思った人もいただろう。言うまでもないことだが、彼の行動にはそれなりの思惑があった。たしかに、ある意味、彼はご都合主義だったかもしれない。その時々で、どこが自分にとってもっとも都合がいいか、わかっていたのだ。偉大な「党員」と呼ばれたことはない。どうやって党に尽くすかではなく、党が自分にとってどう役立つかを考えていた政治家だった。

それでもチャーチルは、はっきりとした政治的イデオロギーを発展させた。なかにはヴィクトリア朝の理想を基にした、今日では受け入れがたいものもある。だが、チャーチルは旧時代の産物だと、厳しい評価を下すべきではない。いまではあまり認知されていないが、彼には急進的な平等主義者という側面もあった。

彼の哲学を簡単にまとめようとしても無駄だ。なぜなら、ヴィクトリア女王の時代からエリザベス2世の時代にわたって政界でキャリアを積むにつれ、彼の哲学は進化し、ときには意見が180度転換することもあったからだ。それでも一貫して持ちつづけていた思想がいくつかある。もっとも重要なのは、イギリスが理想とする民主主義には固有の強さと価値があるという信念、そしてイギリスは本質的に「公平な」国であるという信頼だ（そうでない場合もあったことは、彼も認めるだろう）。さらに、大英帝国は良きもので、その規範が広まるのは世界にとっていいことだ、という信念も抱いていた。

チャーチルは機会均等の実現も目指していた。彼自身は高い階級の生まれだが、国民の最低限の生活水準が保証され、努力によってどこまでも上りつめていける社会であることが、国の未来を左右すると考えていた。

「これから先、ウィンストン・チャーチルの真意を解釈し、その業績を語り、美徳を称えようと、多くの言葉が紡がれていくことでしょう。彼は軍人であり、政治家であり、ふたつの偉大な国が自国民だと誇れるような人物でありました。これから何世紀にもわたって、何度も繰り返し書かれたり話されたりすることはまちがいありません。彼こそは自由の戦士であった、と」

1965年、元アメリカ大統領、ドワイト・D・アイゼンハワーの言葉

こうした信念の基にあるのは、「文明」が行きわたるべきである、という考えだ。社会のすべての人が丁重に扱われるべきであり、その人たちも周りの人を丁重に扱うべきである、と考えていた。さらに重要なのは、権力の座にある者は監視されるべきだ、との信念をもっていたことだ。1939年、戦争が勃発する前に下院で行った演説で、自分が思う「文明」とは何かを、こう説明している。

……現在の政府を批判する自由、言論の自由、報道の自由、思想の自由、宗教行事を行う自由、人種を理由にした迫害をしないこと、マイノリティーを公平に扱うこと、行政から独立し、政党の影響を受けない裁判所と裁判官。

しばしばチャーチルは過激な愛国主義者の旗振り役だと書かれることがある。だが、それは彼の一面でしかない。愛国者であったのはまちがいないし、戦時中は、そうした信条を前面に出していく役回りにあった。だが、彼の愛国心は盲目的なものではない。彼が国を愛したのは、自身が1938年の演説で述べた「文明の恩恵」がこの国にはあると信じたからだ。それが、数多くの歴史書を読んできた彼が得た結論だった。その年、ブリストルでこう述べている。「自由があり、法律があり、愛国心があり……繁栄が広く行きわたっている。権力の悪用を正し、さらに進歩するための機会が用意されている」

20世紀初頭のイギリスは理想的な国ではなかった。古くから続く階級システムは息苦しいものだったし、社会の階層の底辺にいる人たちにとって、貧困は残忍な現実だった。ある程度は能力主義であったものの、家柄が悪かったり、アクセントがちがったり、経歴がよくなかったりすれば、社会進出できる機会には限りがあった。さらに第一次世界大戦によって社会構造が弱体化し、多くの国民が神への信仰も、政府への信頼も失った。また、大きな都市や貿易港でもないかぎり外国人を目にすることがない国だったので、昔から他国の人を「異質なもの」として信用しないところがあった。

それでも、他国と比べると、イギリスはある程度、先進的な社会だった。最貧から抜け出すのは難しかったが、拡大を続ける中流家庭が、勤勉と才能によって快適な生活を手に入れるのは、それほど難しいことではなかった。すべての人に基礎的な教育を受ける権利があるという条項もあったし、貧困家庭を助ける社会組織もあった（ただし、すべてうまくいったわけではない）。さらに重要なのは、イギリスでは議会制民主主義がうまく機能していたことだ——選挙によって首脳陣は仕事を任されることもあれば、その座を追われることもあった。

チャーチルは1945年の総選挙の前に、こう宣言している。「私はイギリスがもつ特質に、ゆるぎのない自信をもっています。時の試練を経た民主主義がもつ英知を信じています」。選挙に勝つために言ったのではなく、彼は心からそう信じていた。イギリスには巨大な帝国の安全を守り支配する資格があると信じていたのだ。帝国は利他主義的なものではなかった。イギリスにとっては原材料や商品の供給を安定させるための手段であり、輸出ルートを守るための手段だった。いっぽう、帝国の影響があったからこそ諸国が発展し、「野蛮人たち」が文明化されていったのだという考え方も昔からあった。チャーチルはそうした思想のもとに育ち、生涯、その考えをもっていた。たとえば、彼のガンディーに対する評価は合理性を欠くほど低かったが、それはインド亜大陸の今後の繁栄に、純粋に懸念を抱いていたからだ。1939年4月には、ロンドンのカナダクラブでこんなスピーチをしている。「大英帝国が歴史として消えていく運命ならば、ゆっくりと分解されて崩壊していくのではなく、自由と正義と真実に向けた崇高な努力のすえに消えていくことを願わなくてはなりません」

チャーチルは大英帝国の愛国心あふれる支持者ではあったが、急進的な社会改革者でもあった。こうした政治的な側面が顕著だったのは、1904年に保守党から自由党に鞍替えしたあとの数年だ。1908年から1915年まで大蔵大臣を務めたデイヴィッド・ロイド・ジョージは、チャーチルのことを信頼できる協力者だと考えていた。デイヴィッド・ロイド・ジョージは、アスキス内閣が画期的な社会福祉関連法を施行する際に大きな役割を果たした。

その目的は、政府がすべての国民に「最低限の生活水準」を保障し、実力によって昇進できる仕組みを提供することだった。1906年、チャーチルはグラスゴーで、聴衆に向かってこのヴィジョンの概要を説明した。「これより低い水準の生活と労働はさせないという最低ラインを私たちは設けたいのです。そしてそのラインより上では、みなさんがそれぞれの強みを使って競争ができる、自由競争の社会にしたいのです。上にあがるための自由競争であってほしい。下に落ちるための自由競争はあってはなりません」

言うまでもないが、チャーチルはけっして社会主義者ではなかった。自由貿易の信奉者であり、保護貿易政策には直観的に反対していた。同時に、産業の国有化にも（平時には）反対していて、富を分配する仕組みには関心がなかった。だが、一般の人たちには良質な生活を送る権利があると信じていた。

1909年に行ったスピーチは、ハロー校出身者らしい貴族的なものではなく、このころ台頭してきた労働党に所属する新進気鋭の議員が書いたようなものだった。「我が国が覇権を握り優位に立つためには、国民の活力と健康を保つことが大切です。真の栄光が家庭の幸福のうえに成り立つものであるのと同じことです」と、あるスピーチで述べている。

その年の前半には、収入の不平等を非難するスピーチをレスターで行っている。

帝国の崩壊や国家の衰退の種はそこらじゅうにあります。異常な貧富の差、土地を

追われた人々、若者への適切な指導や訓練の欠如……つねに不安定な暮らしや雇用。まじめで勤勉な雇用者が心を折られているのです。最低限の生活すらできず、労働者は生きづらさを抱えている。そのいっぽうで、なんの喜びもなく、品性の欠片《かけら》もない贅沢《ぜいたく》をしている人もいる。これらが、イギリスの敵なのです。

数か月後、今度はマンチェスターで聴衆に向かってこう述べた。

失業期間が長く続き、労働者が何年も苦労して築きあげた家庭が崩壊して離散の憂き目にあったとき、あるいはまた、一家の稼ぎ頭の死、病気、就労不能によって、一家の財産が積まれたもろい船が沈み、女性や子どもがなすすべもなく、助けてくれる者もなく、暗い水の上に取り残されたとき、我々がなすべきことは、国民の幸福と健康と精神力がひどく浪費されるのを食い止めるために、国家の力と資源を使うことです。

1926年のゼネラル・ストライキをチャーチルが弾圧したことを引き合いに出して、彼が急進的な平等主義者だったのはほんの短い期間にすぎない、と指摘する人もいるだろう。だが、彼がそのような態度をとったのは、ストライキが行われた理由が気に入らなかったからではなく、一般大衆の無秩序な抗議活動を好まなかったからとも言える（サフラジェットによる運動の場合も同様）。

戦時中、彼は国家のリーダーとして、国民が洗練された標準的な家庭生活を送れるように努力した。1950年1月、野党の党首として行ったラジオ演説にも、そうした姿勢が表れている。「失業問題の解消は、食料の確保に次いで政府の大切な仕事であると、すべての党が合意しました」

イギリスの卓越した「文明」への信頼、帝国が行う事業への関与、実力主義社会の発展にともなって必要となる社会的「セーフティーネット」の整備。この3つが、チャーチルの政治信念の基本的な柱だった。

保守的でリベラルなチャーチル

父親が保守党の議員で、大蔵大臣を務めていたことを考えると、当初チャーチルが同じ旗の

「裏切ることは誰にでもできるが、もう一度裏切るには創意工夫が必要だ」
1924年、保守党に戻った際の言葉

もとにいたのは驚くことではない。だが、議員となった1900年から4年間は、いくつもの政策を批判して党内に敵を増やした。とくに目立ったのは税制改革への批判だ。チャーチルは生涯にわたって自由貿易を支持しており、1904年に自由党へ鞍替えする決意をしたのは、それが理由だ（自由党が政権をとったときには重要なポジションを与えるという約束があったことは疑いがない）。1907年には、下院で保護主義政策について議論を交わしている。「……税は悪です。もちろん必要な悪ではありますが、悪にはちがいありません。税は低ければ低いほどいいのです」

1903年、保守党を離党する数か月前に友人に宛てて書かれた手紙を見れば、チャーチルが保守党にすっかり幻滅していたことがわかる（手紙は発送されなかった）。「私はリベラル派のイングランド人です。保守党、その党員、党員の言葉ややり方が嫌いです」

自由党へ鞍替えした彼は満足そうだった。国内では、以前の章で述べたように、才能豊かなロイド・ジョージと協力してもっとも重要な仕事をした。つねに個人の自由を提唱しており、通商大臣を務めていた1908年から1910年にかけて、職業紹介所を組織し、失業保険を制度化した。社会主義は「富裕層を引き下ろす」が、「自由主義は貧困層を引き上げる」と述べた。1906年にはグラスゴーで、自分は自由主義者だと述べている。

自由主義は、より高い推進力で実行可能な道を提供し……穏健な道を進んでいきます。毎日、そして毎年、一歩ずつ着実に努力を続け、何十万もの人々を、進歩と民主主義改革へと引き入れています。好戦的な社会主義者なら、彼らを保守党の暴力的な反動に駆り立てていたかもしれません。だから、保守党は我々のことが嫌いなのです。

1915年、ダーダネルス海峡での作戦に失敗して海軍大臣を辞任したときは最悪な状況だったが、1917年にはロイド・ジョージ挙国一致内閣にふたたび入閣した。戦後は植民地大臣としてアイルランドの地方自治を推進したが、保守党からの反対は大きかった。1921年、アイルランドをアイルランド自由国と、イギリスが統治する北アイルランドに分ける英愛条約が締結された際は、重要な役目を担った。アイルランドの有名な革命派のリーダー、マイケル・コリンズはすぐにこうコメントした。「チャーチルに伝えてほしい。あなたがいなかったら何もできなかった、と」

だが、それから1年のうちにチャーチルと自由党の形勢は悪くなり、政権を失うことになった。自由党はのちに自由民主党となって2010年に保守党と連立を組むまで、自由主義の力を発揮することができなかった。22年間、下院議員を務めていたチャーチルも議席を失った。もう一度自由党から立候補したものの、議席は獲得できなかった。イギリスの政治において、自由党の勢力が弱まっているのは明らかで、チャーチルはふたたび保守党に戻ろうと画策しはじめる。無所属で立候補した補欠選挙では負けたが、別の選挙では「立憲主義者」として、保守党の後ろ盾のもと当選した。

すると、チャーチルはすぐに調子のいいことを言いだした。保守党のロバート・ホーンに向かってこう言ったのだ。「私はこれまでと同様に、保守派の自由主義者です。別の党に所属せざるを得ない状況でしたが、私の考えはまったく変わっておりませんし、保守党にふたたび加わったことで、その考えを実行に移せることに感謝しなくてはならないでしょう」。じっさい、そのとおりになった。1924年11月、チャーチルはスタンリー・ボールドウィン保守党内閣で大蔵大臣に就任する。だが、1929年に労働党が選挙に勝利すると、そこから10余年にわたり、党の重鎮によって脇役へと追いやられた。1936年、ボールドウィンもチャーチルをこう揶揄《やゆ》している。

ウィンストンが生まれたとき、妖精たちがゆりかごに舞い降りたという。想像力、雄弁、勤勉、才能といった贈り物をもって。ところが、ある妖精が「ひとりの人間がこれほど多くの贈り物をもらう権利はない」と言って、彼をもちあげて乱暴にゆさぶった。すると、たくさんの贈り物とともに、判断力と知恵がなくなったそうだ。

チャーチルが党首になる前に首相になったのも示唆的だ。保守党の党員たちは戦時中の首相としてハリファックス卿を支持していた。だが、1940年10月、チャーチルは自分を党首に選んでくれた熱心な党員たちを安心させようと、こう述べた。

私のこの気性と信念で、歴史ある保守主義の概念を誠実に体現し、正当に取り扱い、すぐにも演説や行動で表せるのか、とお尋ねでしょうか？　私はつねに誠実に、もっとも大切なふたつの公益のために尽くしてきました。それは、イングランドと大英帝国の偉大さを長きにわたり保つこと、そして連綿と受け継がれてきたこの島国の生活を持続させることです。

しかし、1945年の総選挙に向けて準備を行っていくなかで、彼の忠誠心はふたたび曖昧になっていく。注目されていた6月の選挙放送で、彼はこう言った。「過去の偉大な自由党のリーダーを動かしてきた自由主義的な意見を、我々（保守党）も受け継いで守っているのです」。心の底では自由主義者であったクレメンティーンは、夫は保守党にいるよりも自由党にいるほうが居心地がよさそうだと感じていた。

所属政党を変えるという決断が彼にとって有利に働いたことはまちがいない。父と同じ保守党で政治家としての地位を確立したのち自由党に鞍替えすると、すぐに高い地位を得て、1910年には内務大臣になった。1924年、自由党に陰りが見えると保守党に帰り、大蔵大臣の要職を得た。個人の自由を重んじる一匹狼の彼は、政党という枠組みには収まりきらなかったのだろう。優秀な頭脳が集まっていた挙国一致内閣にいたころが、もっとも幸せで建設的だったのではないか、とよく言われる。自由主義的な傾向をもった保守派、という説明が彼にはもっともよく当てはまるかもしれない。あるいは、保守的な傾向をもつ自由主義者とでも言えばいいだろうか。つねに変化する潮流の中で、ちょうどよいバランスを保っていたのだ。

柔軟に対処する

「目の前の困難に立ち向かうとき、
これまで乗り越えてきたことを思いだせば、
きっと新たな自信が湧いてくるでしょう」

1941年のラジオ放送より

政治に困難はつきものだ。チャーチルのように長くキャリアを続けていれば、何度も窮地《きゅうち》に陥るのは当然だ。だが、彼はそのたびに驚異的な粘り強さを発揮し、気の弱い人ならつぶれてしまいそうな逆境からも立ちあがった。まさに「何度転ぶかは問題ではない。何度立ち上がるかが大切なのだ」という古いことわざを体現したような人物だ。

不安な子ども時代を過ごしたチャーチルは、学校でも苦難続きだった。楽しいと言える日々ではなかったが、人間形成に役立つ経験だったし、その経験があったからこそ、たくましい人物に成長した。父親から批判されたり、先生に見下されたり、同級生に意地悪なことを言われたりしたときに、どう対処するかを学んだおかげで、騒乱や議会における言葉の応酬にも対応できるようになった。また、自分を蹴落とそうとする相手に立ち向かった経験が、ヒトラーと対峙《たいじ》するときに役立った。

大人になってからも、私生活で数々の試練があった。たとえば1921年、幼かった娘のマリーゴールドを失うという、つらい経験をしている。当時、植民地大臣だったチャーチルは、私生活でどんなに悲しいことがあろうと、公務に支障をきたしてはいけないとわかっていた。

とてつもなく気を張っていなければ、重要な仕事を滞りなく続けることはできなかったにちがいないが、彼はなんとかやりとげた。こうした個人的な悲劇も、職業上の苦難を大局的に見るのに役立ったようだ。

政府で高い地位まで駆けあがったあと、初めて挫折を味わったのは、第一次世界大戦時のダーダネルス作戦の失敗だ。チャーチル自らが強力に推し進めた攻撃だったのだが、惨敗する結果となった。作戦は失敗と判断され、チャーチルは海軍大臣を辞任せざるを得なくなる。それでも、自分は何もまちがったことはしていないと信じていたし、作戦はたんに準備不足だったと考えていた。むしろ、実行の仕方が悪かったのだと信じていた。自分の助言が聞き入れられてさえいれば、成功したかもしれないと考えていた。だが、それも、机上の空論にすぎなかった。

好きだった仕事、そして国家が危機にあるときに自分が大きな影響力を行使できる仕事を事実上更迭《こうてつ》されることになり、チャーチルはひどく傷ついた。後年、このときのことを語る言葉には、苦々しさがにじむようになる。つらい経験であったことはまちがいないし（今日でも、この作戦は批評家から彼の汚点と評されている）、25年にわたるキャリアに多かれ少なかれ影響があった。それでも、彼はこの悲惨なエピソードから立ち直った。その意味で、この件は、国の高官として、いい時だけでなく悪い時にも対処できるようになるためには重要だったかもしれない。

1917年には軍需大臣として、古くからの仲間であるデイヴィッド・ロイド・ジョージ率いる政府に戻った。ロイド・ジョージはハーバート・アスキス首相の後任である。その後、チャーチルは1920年代の半ばに、保守党政権で大蔵大臣を務めた。ダーダネルス作戦から10年もたたないうちに政権に復帰できたのは悪くない話だ。だが、このあとさらに個人的な危機に陥ることになる。1929年に閣僚を辞任したあとは孤立し、その状態が1930年代まで続いた。チャーチルは迫りくるドイツの脅威について政府に警告した。ほかにも同じように警告した者はいたが、チャーチルの訴えは無視されただけでなく、変わり者で理解に乏しい政治家の証だと言われるはめになった。

だが、知ってのとおり、ヨーロッパ諸国が目をつぶっていれば、激しくなりつつあるヒトラーの蛮行はそのうち収まる、という考えが甘かったことが、すぐに明らかになる。切羽詰まった状況になり、イギリスが大胆な救世主を必要としたとき、ついにチャーチルの出番がきた。大蔵大臣を辞任して以来、政府から見下されていたことを考えると、彼の政府への復職は、ますます注目に値すべきことだった。

戦後、60代だったチャーチルは当然、自由世界の救世主となることを支持者から期待されていたものの、彼を批判する声はまだ大きかった。周囲の予想に反して、1945年7月の総選挙で政権を追われることになる。彼個人が否定されたのだと本気で言う人はほとんどいなかった（どこへ行ってもスーパースターの扱いだった）が、これは大きな打撃だった。彼と同世代の人の中には、もう引退したほうがいいと言う者も多かったが（戦争によって健康や体調を損ねたことを考えるとなおさらだった）、チャーチルは野党の党首を務めた。そして、のちに2度目の首相の座につくことになる。柔軟に対処するという点において、チャーチルほど優れた者はいない。

ダーダネルス作戦の失敗

イギリス軍の歴史の中で、ダーダネルス作戦（ガリポリの戦いとも呼ばれる）は最大の損失だったとされている。犠牲者はイギリスだけにとどまらない。オーストラリア、ニュージーランド、フランス植民地軍も連合国軍に加わっていた。この戦いはなぜ重要だったのだろうか。なぜひどい結果になったのだろう？

ダーダネルス海峡はトルコの北西に位置する海峡で、片側にはガリポリ半島があり、とりでが築かれていた。第一次世界大戦が勃発したとき、戦略上重要だったこの海峡はオスマン帝国（およそ現在のトルコ）の支配下にあり、ドイツの支援を受けるようになっていた。1914年の終盤から、イギリス政府はこの海峡を支配下に置くために、オスマン帝国を攻撃すべきかどうかを議論し、バルカン諸国が連合国軍に加わる可能性も模索しはじめた。

激しい論争が繰り広げられ、チャーチルは作戦実行を強く訴えた。そして、実行することが決定される。オーストラリア・ニュージーランド軍団（ANZAC）を現地に駐屯させたまま、1915年2月に連合国軍の攻撃が始まった。連合国軍の大艦隊が海峡に入り、最初は順調に進んでいたものの、水中に多くの機雷が仕掛けられていたためにペースが落ちてしまった。いくつかの艦隊が失われ、損傷を負い、死者の数も数百人にのぼった。

チャーチルは海軍の上層部から、陸軍の応援がないとガリポリを掌握できる見込みはないと報告を受ける。何万人ものイギリス軍が現地にいた軍隊と合流したが、近いうちに連合国軍が攻めてくることをかぎつけていたオスマン帝国は、すでに防衛のために自国の軍を配備していた。4月25日に上陸作戦が開始されたが、ガリポリ半島を掌握することはできなかった。8月までに4万人を超える連合国軍の兵士が

「目的を貫かないこと、それは犯罪だ」

1923年、ダーダネルス作戦を振りかえって述べた言葉

亡くなった。兵士を10万人増強してほしいという要請がロンドンに来る。チャーチルは兵士の増強が必要だと述べたが、上級閣僚の反対にあい、彼の主張は聞き入れられなかった。

チャーチルはこの軍事作戦を熱心に推し進めていたため、惨敗の責任は彼にあるとされた。この件について、事後に彼を支持してくれる人は政府内にいなかった。5月半ば、彼はしぶしぶ海軍大臣を辞任。現地にいた10万人の連合国軍を撤退させることが決まり、1915年12月から1916年1月にかけて撤退が実行された。連合国軍はトルコに何か月もいたものの、得たものは何もなかった。6万人の兵士が亡くなり、その4倍もの兵士が負傷した。

辞任以外の選択肢はないとわかっていたものの、彼はつねに、ダーダネルス作戦は不当に評価されているとの感覚を抱いていた。1917年3月、この作戦を検証するために設立されたダーダネルス委員会でチャーチルが証言した内容を見ると、そのことがよくわかる。

荒廃した村と、打撃を受けた土地をいくらか手に入れるために行われたソンムの戦いには、資源、努力、忠誠心、決断、忍耐が無駄につぎこまれましたが、当時、ガリポリ半島の戦いにその5分の1でもつぎこまれていたならば、バルカン諸国を我々の側に引き入れ、ロシアと手を結び、トルコを戦いから引き下がらせることができたでしょう。

現実を見据える

「人生の障害物競走において、
障害物に行き当たった時は
常に飛び越えなければならぬものだ」

『わが半生』より

何度も苦難に直面したことで、チャーチルは現実主義の価値を認識するようになった。理想と道理を大切にする人だったが、それが実践できる環境をつくらなければ意味がないことをよく理解していた。

彼の政治手法が「現実政治《リアル・ポリティーク》」と表現されるのは、ある意味で皮肉なことだ。これは19世紀にドイツのルートヴィヒ・フォン・ロッハウが提唱した概念だ。チャーチルはイデオロギー信奉者というより、政府の現実的な影響力を行使することに長けた政治家で、つねに気負わずに手元の仕事に取りかかっていた。1951年にはシェフィールドでこう語っている。「不完全の世界で、私たちが抱える困難を完璧に解決する方法を期待するべきではありません」

自分の人生においても現実主義を実践していた。サンドハーストを卒業してから国会議員になるまでのあいだ、兵士、ジャーナリストとして名声と富を得る算段をしていたことを考えれば、それは明らかだ。政党を何度も変わったことからもよくわかる。そういう行動をとったのはモラルと理性がなかったからではなく、つねに現実主義であったからだ。最終的な目標をつねに見据えながら一歩ずつ進み、目標に至るまで辛抱するのが得意だった。

現実主義と冷静さがとくに試されたのは、戦時中、首相として危機に直面したときだが、彼は完璧だった。危険にさらされた国のリーダーとして強さを保っていられたのは、現状をありのままに受け入れていたからだ。戦争には幼いころから強い興味をもっていたが、このころは戦争を歴史家の視点から見ていた。1901年（第二次ボーア戦争の最中）、議会でこんな演説をしている。「戦争は多くの危険をはらんだゲームです。幼いころから戦争を見てきた私に

チャーチルのキャッチフレーズ

チャーチルが口にした数々のキャッチフレーズや名言には、現実主義の姿勢がよく表れている。1945年、戦争が終わりに近づいたときには、下院でこう述べている。「一度に対処できる運命の鎖はひとつだけです」。これは彼のモットーでもあっただろう。〝KBO〟もその頭文字からきている。これは繰り返し使われた有名な言葉で、「戦いつづけろ（Keep Buggering On）」の頭文字からきている。問題に対処するときに彼がよく使っていた「あきらめるな」というマインドセットを、少しくだけた表現を使って短い言葉にしたものだ。ほかの人なら打ちのめされそうなときでも、チャーチルは逆境に立ち向かって成功し、どんなに困難なことでも最終的には自分の利益になるように変えていった。「乗り越えた困難は、勝ち取ったチャンスだ」と1943年に述べている。

言わせれば、戦争では思いどおりにいくことなど何ひとつないのです。偶然うまくいくときも、ときにはあるかもしれませんが」。さらに『わが半生』のなかで、こう書いている。

いかなる戦争も順調で容易なものとは夢想うべからず。またこの変わった航海に船出する人は、自分が遭遇するであろう潮流や強風を予測することができるなどと、けっしてけっして考えてはならぬ。戦争熱に譲歩する政治家は、一度信号があがったら最後、彼はもはや政策を操る主人公ではなく、不可知なもの、制禦しがたい事件の奴隷に過ぎないことを覚えねばならぬ。

これはじつに重要な教訓だし、この先に起こることをしっかりと見据えて、戦時中の仕事をしていたことがよくわかる。この言葉は彼を冷静な人物に見せただろうし、1940年のもっとも厳しい時期に、国民を勇気づけたことはまちがいない。イギリスが追いつめられているのはわかっていたが（その年、ダンケルクにおいて、なぜドイツ軍がイギリス軍を全滅させなかったのかは理解していなかった）、イギリスが危機的な状況を幾度も切りぬけるのを目撃した。その年の終わり、イギリスは電撃戦を乗りきり、バトル・オブ・ブリテンで形勢を逆転した。ダンケルクの撤退の成功（軍史上、もっともすばらしい撤退であったことはまちがいない）が功を奏した形になった。

目の前の仕事を完遂するために必要なものを感じとる力は、それ以降、難しい決断を迫られる局面でも発揮されていった。たとえば、ドイツ市街への空爆を許可したのは報復するためではなく（今日の私たちが知っているとおり、彼は報復を考える人ではなかった）、完全に勝利するための近道だと確信していたからだ。国内でも難しい決断を余儀なくされる事件があった。たとえば、戦時中、市民が巻きこまれ最悪の惨事となったベスナルグリーン地下鉄駅の事件。これは1943年に起こった惨事だ。まちがって空襲警報が鳴り、シェルターとして使われていた地下鉄の駅に市民が殺到して173人が亡くなった。ロンドン東部の人たちはすでに尋常でないほどの心痛を抱えていたが、この事故が国内の新聞で報道されないのを見て、さらに憤慨した。チャーチルが新聞社をもっている友人に連絡をして、この事故のニュースを報道しないよう圧力をかけたのだ。報道が広がれば国民の士気が下がるのではないかと懸念したからだった。

このように、枢軸国を倒すことを考えながら、ときにはひじょうに厄介な決断も下さなくてはならなかった。国民を鼓舞するのがうまかったほかの政治家と同じように、チャーチルは必要とあらば、裏で冷静に計算をする人物であった。著書『第二次世界大戦』（佐藤亮一訳、以下同）のなかで、こうまとめている。「人生において、人々はまず〝本質的なものに専念せよ〟ということを教えられなければならない」

自分の行動規範を忘れない

「人間を導く唯一のものは良心であり、
記憶を守る唯一の盾は
行動の正しさと誠実さである」

1940年、ネヴィル・チェンバレンの死去に際し下院で行った演説より現実主義は立派な特質とみなされることが多いものの、道徳的な指針によって調整されなければ、すぐに醜悪なものになり得る。第二次世界大戦中、チャーチルは何度も、断固たる態度で難しい決断をしなくてはならない局面を迎えたが、自分の行動規範は絶対に曲げなかった。そのひとつは、彼が重きを置いていた「文明」の保護だ。それ単独で見れば非文明的と思われる決定ができたのも「文明」を守るためだったとも言える（戦争自体が非文明的な行いだ）。1947年にロンドンのアルバート・ホールで行ったスピーチで、彼は自分が考える、社会にとって本当に大切なものの要点を述べた。「偉大なものはすべてシンプルであり、その多くはたったひとつのシンプルな言葉で表すことができます。自由、正義、名誉、義務、慈悲、希望です」。彼の現実主義は、つねに道徳の枠組みのなかにあった。

政治家としての務めを見失うことはなかった。1906年、自由党の党員として選挙を戦っていたときは、ボルテールの言葉を言い換えて、下院でこう述べた。「大きな権力には、大きな責任がともないます」。31年後に議会で行った演説も啓蒙的だった。戦争と倫理は相性が悪いが、倫理観を完全に失ってはならない、と理解していた。「残念なことに、道徳の力が軍の力に取って代わることはありません。ですが、軍をうまく補強することはできます」

野党となった1930年代、チャーチルは個人的にも仕事のうえでも自分に不利になるのをわかっていながら、自分が大切にしている規範を頑《かたく》なに守っていた。一匹狼で面白い人物ではあったものの過去の遺物とみなされていた彼は、議会や国民のあいだで広まっていた世論に従うのをよしとしなかった。1940年、こう語っている。「私は流れに逆らって泳ぎがちだ。自分を守るためにはそうしないほうがいいのだろうが」。長いあいだにしみついた態度だ。1899年に南アフリカにいたときには、こう述べている。「主流の意見に抗《あらが》える強さをもつ人がこれほどいないとは！」

1930年代のイギリス政府は、どんな犠牲を払ってでも対立を避けようとしていたが、チャーチルは自分の直観を信じ、ヒトラーには強い態度で臨むべきだと一貫して主張した。戦争を避けようとすることが理解できなかった。イギリスは第一次世界大戦の痛手からまだ立ち直っておらず、経済は疲弊していたし、有権者はふたたび大きな戦争が起こることを恐れていた。だが、彼は、行動し

「政治において、何をすればいいかわからないときは、何もしてはいけない……何を言えばいいかわからないときは、本音を言うことだ」

1905年、マンチェスターでのスピーチより

ないことこそが大きな災難をもたらすのではないかと懸念していた。国際社会はドイツ帝国をさらに広げようとするヒトラーに対して譲歩を繰り返していたが、あの野獣は餌を与えれば与えるほどお腹をすかせる、とチャーチルにはわかっていた。

彼はけっして過去の遺物などではなかった。結局、彼の主張が的を射ていたことが判明する。次の政府は戦争を避けようと必死に譲歩するばかりだったが、彼は今後の見通しを明確に述べた。「とても複雑なものから、とても単純なものが生まれる」と1927年に刊行された『世界の危機』で書いている。それは歴史が証明している。馬鹿にされようとも、誰も口にしないことを言う勇気が彼にはあった。政策をつくるには誠実で慎重でなくてはならないというのが、彼の政治的アプローチの核となるものだった。

自分の主張がまちがっているのではないかと懸念する様子はまったくなかった。輝かしいキャリアがあるいまなら、政治の暴徒たちに立ち向かえそうに思われた。結果的に宥和《ゆうわ》政策が正しいとわかれば、それはそれでいい。「誰が非難されようが当惑しようが構わないではありませんか。国が安全であるかぎり、個々の政治家が職場や職場の外で何をしようと、気にする人がいるでしょうか？」下院で彼はそう問うた。

平和の維持という立派な意図があったとはいえ、宥和政策はひどいまちがいだったことが判明する。ヒトラーは譲歩を勝ち取るたび、さらに貪欲に、攻撃的になるだけだった。ここにきてついに、チャーチルは愚か者ではなく賢者であると認識された。彼が首相に就任し、戦時中の国を率いるのは必然の結末だった。首相に就任すると、チャーチルは個人間の対立や出世競争のない政治状況をつくりあげた。１９４０年には下院で「戦前の確執は水に流し、個人的な口論は忘れ、共通の敵を憎みましょう」と述べている。「政党の利益は考えず、全員のエネルギーを結集させて戦いに挑み、強い馬の手綱を引き締めましょう」。共通の敵と戦うために一致団結した、道徳を重んじる政府の声明だった。

個人的な思いは、より大きな善のために封じなくてはならない、というチャーチルの強い信念が、戦時中に発した言葉の端々に見える。たとえば、１９４２年12月、ブラッドフォード・タウン・ホールで、こんなスピーチをしている。

私たちはみな、国より大切な、とは言いませんが、国より大きなものを守っているのです。それは大義です。自由や公正という大義、弱者が強者に立ち向かうという大義、暴力を法で規制するという大義、残虐さと圧政に対する慈悲と忍耐という大義。私たちはこうした大義のために戦っているのです……

3年後には、議会でこう述べている。「職務として信念をもって行動しているかぎり、やじられたり、あざけられたりしても、私は意に介しません。おそらく、害よりも利益をもたらしてくれるでしょうから」

戦争が文明の敗北なのだとしても、少なくとも騒乱の中で個人が礼節をわきまえようとしつづけることは可能だと、チャーチルは示してくれた。彼が無私無欲の人生を送ったとするのは言いすぎだろう。エゴの塊であったし、自分の目的を達成するためなら喜んで車輪となり、取引をし、妥協をする、野心あふれる人物だった。それでも、確固たる指針をもった政治家だった。イデオロギーに凝り固まるのをよしとせず、現実主義をより幅広い道徳的な哲学に生かすための絶妙なバランスを見つけだした。それがもっとも発揮されたのが戦時中だった。

もっとも手腕が試されたとき、彼はなにより「正しいこと」をするのに集中し、それを何百万もの人のために役立てた。『第二次世界大戦』で、それを余すところなく書いている。

……最初の日から最後に至るまで戦闘のなかにあって、全存在をその結果にかけていたイギリスと大英帝国におけるわれわれにとっては、われわれの実にたくましく勇敢な同盟国が感じた以上の意味があったのだった。疲労し、消耗し、衰弱してはいたが、屈することなく、いまや勝利をおさめたわれわれは、崇高なる瞬間を迎えたのであった。神のあらゆる祝福のうちで最も高貴なるもの、つまり、われわれが義務を果

たしたという感覚を与えてくれたことに対し、われわれは神に感謝した。

政治家としてキャリアを積んでいたチャーチルは狡猾《こうかつ》で抜け目のないやり手で、「信念の政治家」と呼ばれていた（彼が聞いたら嫌がりそうな現代的な表現だ）。おそらく彼は、政治家の暗い側面もわかっていたはずだ。現実主義と、自分がもっとも大切にしている理想である文明、個人の自由、民主主義を守りたいという大きな願いとのバランスをよく心得ていた。

民主主義者チャーチル

「文明」の欠かせない要素としてチャーチルが称《たた》えていたのは（あるいは、少なくともイギリス人が思っていたのは）、民主主義だ。1947年、彼はこう表現している。「人民の人民による人民のための政治とは、いまも民主主義を定義する最高の言葉です」

民主主義の理想をつねに掲げてきた彼にとって、反対する議員たちとじっくり議論を交わすことほど楽しいものはなかっただろう。それこそが彼の考える民主主義を実践することだったたからだ。だが、民主主義の擁護者としての彼の役割は、ヒトラー、ムッソリーニらのファシスト政権と対峙する立場となってから、さらに重大なものになった。もはや民主主義はたんなる抽象的な概念ではなく、実体のある、危機にさらされている現実だった。

「政府は国民のしもべであり、主人ではない」
1948年、ノルウェーの議会での演説より

チャーチルはイデオロギーと結婚したようなものだった。そして、どんな結婚にもあるように、パートナーに対してフラストレーションを抱えるようになっていった。もっとも不満だったのは、イデオロギーがときとして、ひとりよがりになることだった。1931年、『ストランド』誌に掲載された記事の中で、こう述べている。「民主主義の政府は、もっとも抵抗が少ない道をただよっている。短期的な視野しかもたず、ご機嫌取りと施しをし、聞こえのいい陳腐な言葉を並べて、道を平坦にしている」

だが、この批判は屁理屈にすぎない。1942年1月にバミューダの議会で述べた演説では、より洗練された考えを述べている。

弱みや強みがあろうと、失敗しようと、美徳があろうと、批判されようと、欠点があ

ろうと、先見の明がなかろうと、一貫した目標がなかろうと、あるいは表面的な目標しかなくなんの苦難もなかろうと、民主主義は、民衆が母国の政府に意識的に効果的に貢献する権利を擁護しています。

ヒトラーがドイツで権力を握ると、チャーチルはすぐに、その反民主主義的な性質を非難した。1934年、下院でこう述べている。「ドイツはほんの一握りの支配者によって統治されており……支配者たちは国の長期的な利益を考えることもないし、民主的な議会や憲法が行政府に対して課しているような重要な規制を課されてもいない」。当時、ヒトラーの台頭は悪い知らせではないと思っていた人も、1938年には、それが幻想だったと気づくことになった。そのころすでにチャーチルは、ナチスに対抗するためアメリカに参戦を促していたが、いっぽうのアメリカ政府は、ヨーロッパの小競り合いに頭を突っこむ気はなかった。

その年、アメリカに向けて行ったスピーチで、チャーチルは自由の国アメリカの支援を得ようと試みた。ドイツの話に触れ、こう語っている。

自分の考えを述べてはいけない社会、子どもが両親を警察に告発する社会、会社員や小さな店の店主がライバルの思想をあげつらって失脚させる社会……そんな社会は、

外の健全な世界に触れたとたん崩壊するでしょう。

チャーチルは洞察力も優れていたので、軍の独裁者に統治されている国に比べて、民主主義が根づいている国では、戦時体制に入るのが難しいこともわかっていた。1939年10月、彼は無線放送でこう警告した。「平和な民主主義国家が、とつぜん国運を賭けて戦わなくてはならなくなったら、平和から戦争へと切り替わる過程で、多くの問題と困難に直面するにちがいありません」。その1か月後、議会でも同じような指摘をしている。

個人の自由と国民の豊かさを目指している平和な議会制の国々は、独裁国家に対して最初からハンデを負っているのです。なぜなら独裁国家は、戦争をすること、戦争の準備をすること、そしてすべての物事や人を軍の機械にすることを、唯一のテーマとしているからです。

それでも、ヨーロッパのファシスト政権はやがて崩壊した。だが、苦い事実もあった。西側の民主主義国家は、自分たちが勝利を呼びこんだのだと主張することもできたが、その勝利はスターリンなくしてはあり得なかったからだ。スターリンの独裁体制も、ヒトラーに負けず劣らず残虐で抑圧的だ。チャーチルは自分が生きているあいだに民主的自由主義が衰退するのを目の当たりにし、深く悲しんだ。「19世紀後半に全盛期を迎えた自由主義改革の主な特徴のひとつは、寛容であることとです」と、１９４５年11月、ベルギーの議会で述べている。「過ぎし日のことがよく思いだされます。かつてあった啓蒙主義、思いやり、希望に満ちた進歩の水準は、悲惨なことに20世紀にはここまで落ちてしまいました」

だが、チャーチルはやはりチャーチルだ。落胆はかえって彼を刺激した。戦後、彼は自分の考える民主主義を確立させるという使命を全力で果たした。１９４８年、ノルウェーの議会で、民主的な議論を支持したときの言葉を見てみよう。「激しい対立やきつい言葉の応酬になろうとも、私はできるかぎり自由な議論を促してきました」。この演説の数か月前には、イギリスで実現したい民主主義の展望について、下院でこう述べている。

すべての国民に対して基本的な生活水準と労働水準を実現し、必要な食料が行きわたるようにする。それができたら、国民を自由にし、介入はせず、ひとりひとりが能力を最大限に発揮して、家族や国のために目的物を勝ちとることができるようにする……活気と自主性があり、財産を保有できる民主主義を実現するには、その方法しかありません。

風向きを読む

「これから起こることを予見して
国民や世界に向かって声を上げましたが、
誰も耳を傾けてくれませんでした」

1946年、ミズーリ州フルトンのウェストミンスター・カレッジでのスピーチより

前ページで引用した言葉は第二次世界大戦について述べられたもので、チャーチルがヨーロッパに「鉄のカーテン」が下りたと警告したときのスピーチから抜粋したものだ。スピーチはこう続く。

1933年あるいは1935年までなら、ドイツはいまのような悲惨な運命から救われていたかもしれないし、ヒトラーが人類に対して行った悲惨な仕打ちから、我々全員が救われていたかもしれません。歴史上、あれほど多くの地域を荒廃させた先の戦争ほど、時宜《じぎ》を得た行動によって簡単に回避し得た戦争はほかにありません。銃を一発も打つことなく、回避できたかもしれないと思っています。今日のドイツも強力で豊かな、誇りある国になっていたかもしれません。ですが、誰も耳を傾けようとはしませんでした。ひとりまたひとりと、私たちは悲惨の渦に飲みこまれていったのです。

「それみたことか」というニュアンスがにじんでいるが、それを批判することはできない。記録にもあるとおり、チャーチルは何年にもわたってドイツの脅威を政治家の同僚たちに警告していたのだが、彼らが耳を傾けてくれたのは、危険を回避できる時期をとうに過ぎてからのことだった。チャーチルだけが将来をはっきりと予見していたケースはほかにもある。

彼にはつねに先を予見する不思議な力があった。ジャーナリストのように鼻が利いたからなのか、ほかの政治家よりも現状を素早くとらえることができた。たとえば、若いころには航空機時代の到来をいち早く予見した。クレメンティーンの反対も意に介さず、1910年代には飛行訓練を始め、1919年に事故にあうまで続けた。また、議員の立場から、航空機の開発をもっとも効果的に支援した。航空隊の創設を提案したほか、イギリスが航空革命の最前線にいられるようにと、1909年には航空業界のパイオニアであるアメリカのライト兄弟に連絡をとってはどうかと政府に働きかけてもいる。1914年には海軍大臣としてイギリス海軍航空隊を創設し、1919年から1921年までは航空大臣を務めた。1920年代初頭には、アイルランドのシン・フェイン党の諜報員、イラク、パレスチナへの空爆を許可している。航空隊が第二次世界大戦において重要な役割を果たしたのは言うまでもないが、チャーチルは爆弾を積んだ軍用機の力を、数十年も前から認識していたのだ。

慎重派が躊躇《ちゅうちょ》するなか、革新的なものを受け入れようという彼の意欲は際立っていた。戦車の開発においても主要な役割を担った。1915年1月にハーバート・アスキス首相に送った手紙のなかで、のちに近代の戦争でも使われるようになる装備について、基本的な計画を述べている。

蒸気トラクターに小型で防弾性の装甲シェルターを短期間で取りつけ、そのなかに兵士とマシンガンを配備するのは、ごく簡単なことだろう。

チャーチルはさらに、この車両を夜に使用すれば砲兵隊に狙われることもないし、キャタピラで塹壕《ざんごう》も簡単に越えられるし、車両の重みで有刺鉄線も押しつぶせるだろう、と提案している。

新しいものを躊躇なく取り入れる姿勢は第二次世界大戦に入っても続いた。そのころになると、紛争がどのように起こるのかを理解したいと考えるようになる。そのために、並外れた発明家・ジャーナリストのジェフリー・パイクと知り合いになった。パイクはハバクック計画の立案にも関わった天才だ。ハバクック計画とは、大西洋の輸送ルートを守るために、氷山を空母にしようという計画だ。氷山なら海に沈まないので、従来の爆撃や魚雷攻撃に対して鉄壁の守りになるだろうと考えられた。空母に改修するには水と低温の環境さえあればいい。技術面や予算の問題で、この計画が実現することはなかったが、この一件には、未来はただ待っているだけではなく、じっさいに心に思い描いてみるべきだというチャーチルの考えがよく表れている。

だが彼が状況を読む力をもっとも発揮したのは、技術革新の分野ではなく、1930年代に大きな衝撃を与えたヒトラーとヒトラー政権の本質をつかんだときだろう。チャーチル以外の人や、ヒトラーと親交のあったイギリスのエリート層は、ヒトラーによるドイツ再建は模範的と考えていた。しかし、チャーチルはヒトラーに自由を与えすぎれば重大な結果を招くと警告した。警鐘を鳴らすことが自分の責務だと考えていた彼は、警告を発することをやめず、反対派からは時代遅れの愚か者とか、戦争好きの政治家などと揶揄された。

だが、チャーチルはそのいずれでもなかった。先を予見する能力があったのだ。1930年の時点ですでに、ヒトラーとその取り巻きは「機会があればすぐにでも武力に訴えるつもりだろう」と鉄血宰相と呼ばれたオットー・フォン・ビスマルクの息子に伝えたという。1933年に執筆した記事では、ユダヤ人の組織的な虐殺を予見している。「いまドイツは醜悪な状況に支配されている恐れがあります。ポーランドに侵攻して領土を拡大し、その土地でユダヤ人の迫害と大虐殺が行われようとしています」。1936年には、大陸の未来についてこう述べている。

ヨーロッパはもっとも重要な局面を迎えようとしています……大国同士が心を寄せあい、手を取りあう未来になるのか……あるいは、爆撃が起こり、想像もできない、見るにたえない破滅的な状況になるのか。

ひじょうに強い口調で語ったが、それでもチャーチルの悲観的な予想を受け入れようとしない圧力団体もあった。

経済的な理由からなかなか再軍備に踏みきらない政府に、彼のいら立ちは高まっていく。チャーチルは大蔵大臣として防衛費を削減する立場にあったので、反対者たちはその点をついて彼を叩いた。だが、10年もたつと時流も変わる。ドイツ軍の増強を見て、ひとたび紛争が起これればイギリス軍が不利になるだろうとチャーチルは恐れた。同時に、「侵略国に対する抑止力の高まり」こそが、戦争回避への希望になると信じていた。

1938年、チェコスロヴァキアの領土がベルリンに割譲《かつじょう》された。ネヴィル・チェンバレン首相がミュンヘン会談で「我々の時代の平和」を宣言して帰国するころには、チャーチルの忍耐も限界を迎えていた。その年の10月に締結されたミュンヘン協定について、こんな演説をしている。

友人である首相が多大な努力によって得た最大限の成果……かねて議論になっていた点について首相がチェコスロヴァキアのために得た最大限の成果とは、ドイツの独裁者にテーブルの上の食べ物を奪い取らせるのではなく、ひとつずつ出される料理に満足させることだったのです……だが、これで終わりだと思ってはいけません。これは報いの始まりでしかないのです。

悲しいことに、彼の予想は現実のものとなった。

先を見越して用心すればヒトラーに対して戦略的優位を確立できる、という望みは消え去った。1940年、チャーチルはふたたび政界でスポットライトを浴びることになり、首相に就任した。もっと早く彼の声が届いていれば、戦時中の首相在任期間ははるかにやさしいものになっていたかもしれない。1930年代に国際情勢を正確に読みとっていたのに、周りにそれを認識させられなかったのは皮肉なことだ。気づいたときには手遅れになっていた。

彼は戦後も、国際社会の複雑な状況を分析する能力を発揮した。「鉄のカーテン」のスピーチは、その後40数年にわたって世界政治を支配する冷戦を予見したものだった。1924年には、原子爆弾の開発によってもたらされる脅威について、『ポールモール』誌にこう書いている。

国民の声を聞く

チャーチルも生涯で何度か、状況を見誤ったことがある。たとえば、1945年の総選挙前に行った「ゲシュタポ・スピーチ」は評判が悪く、国民感情への配慮が欠けていた。政治警察の力を利用して規則を押しつけてくる社会主義的な政府はまるで「ゲシュタポ」だ、と攻撃的な言葉を使って批判したのだが、これは失敗の部類に入るスピーチだった。国民の信頼を得ようと必死に働いていた挙国一致内閣の重鎮たちを「社会主義者」呼ばわりしたからだ。チャーチルが戦時のリーダーとしてすばらしい仕事をしたのは確かだが、自国の平和を願う有権者の気持ちがわかっていなかった。戦後の国際社会を容認できる形にしようとしたものの、状況はまちがいなく悪化した。

人間は未知の段階に来てしまった。目立った徳を積むことも、より賢明な導きを得ることもなく、人間は自らの存在を確実に消せる道具を、初めて手にしたのだ……これまでに発見されたものとは比べものにならないくらい強力な爆発エネルギーを利用する方法はいったいあるのだろうか？　オレンジほどの大きさしかない爆弾が、ビル群を吹き飛ばすほどの威力を秘めていること、1000トンもの火薬がつめられ、

たった一発で街全体を吹き飛ばす威力があることを、わかっているのだろうか？

この時点ではアインシュタインでさえ、核戦争が起こる可能性について、それほど案じてはいなかった。だから、これはチャーチルのもっとも悲観的な見通しだったと言えるだろう。

戦後、野党の党首、そして首相を務めながら、チャーチルはこの重大な世界問題を注視しつづけた。国内の懸案事項をおろそかにしているのではないかと言う者もいたが、この先、地球の政治を支配することになる問題を、彼がいち早くつかんでいたのは確かだ。共産主義国の独裁政治、双方全滅の恐れ、集団安全保障の問題、ヨーロッパ連合の問題について、その実情をよく把握していた。

つまり、１９３０年代というもっとも重要な時期に、ヨーロッパの現実を彼ほど包括的に、容易に理解していた人はいなかったということだ。

最善を望み、最悪に備える

「どう行動しようとも重大な結果がともない、
大義が脅かされるのであれば、
熟慮と計算をしつくしたうえでとった行動は、
慎重であり適切なものだと言えるでしょう」

1910年、下院での演説より

チャーチルはラテン語の授業があまり好きではなかったようだが、ひとつだけ心に響いた言葉があった。「Si vis pacem, para bellum（平和を望むなら、戦争に備えよ）」

1930年代、彼は何度も国の運命を予見するような発言をしたが、イギリスが戦争への備えを怠っていることを指摘したのは、国に改善を促したかったからだ。1939年6月29日、カールトン・クラブでこう発言している。「イギリス政府には、最高位の義務がふたつあります。どちらも同じくらい大切なものです。ひとつは、戦争を回避する努力をすること。もうひとつは、戦争が避けられない場合には、戦争に備えることです」

この言葉からは、自分が犠牲を払おうとも、ヒトラーの脅威を知らしめなくてはいけないという決意が読みとれる。批評家はつねづね、チャーチルはひじょうに好戦的な人物だと批判してきた。彼が戦争という「冒険」に魅力を感じていたのは確かだし――子どものころ、自分の祖先のものも含め、過去の偉大なイギリス軍の物語を読みあさっていた――前線の活動に参加したこともある。

だが、戦争でショックを受けなかったかというと、そんなことはない。1909年、ドイツの軍事作戦の現場にいた彼は、その後クレメンティーンに宛ててこんな手紙を書いている。「戦争の激しさに魅せられ、惹きつけられるのと同じくらい、毎年のように思いが深くなっていくのです――胸の中の思いが大きくなっていくのを感じるのです――戦争とはなんとひどく、危険で、野蛮なことなのかと」。1930年にはふたたび、このことについて考えるようになった。「かつて、残酷で壮大だった戦争は、いまや残酷で不道徳なものになってしまった」

だが、彼は現実的でもあった。世界の歴史を幅広く学んだことで、戦争は悲劇だが、世界秩序のなかで自然に起こるものだ、と認識するようになった。『世界の危機』でこう述べている。

人間の歴史は戦争の歴史だ。短期間の不安定な時期をのぞいて、世界が平和であったときはない。有史以前は、殺人に発展する闘争はいつでも、どこにでもあった。だが、現代の出来事は、厳しく積極的に注視していかなければならない。

「積極的に注視」されていないことに、彼はひどく落胆していた。いったん戦争が起こってしまえば、生死は運命にゆだねられることになるとわかっていたからだ。一歩まちがえば敗北していたかもしれないバトル・オブ・ブリテンでの勝利を振りかえり、チャーチルは首相官邸でこう述べた。「たった一本の細い糸に、どれほどのものがぶら下がっていることか」。のちに

『第二次世界大戦』の中でも、戦争は「主に失敗の連続である」と述べている。いったん戦争に巻きこまれたら、戦争をコントロールすることなど不可能だ、という意味だ。

だがいっぽうで、比較的平和なときに適切な備えをしていれば、成功する見込みはじゅうぶんにある、と信じていた。だが、第一次世界大戦が終わって以来、イギリスは備えをしてこなかった。「勝利に酔いしれ、愚かしいことに、備えをしてこなかった」と、チャーチルは残念そうに語っている。自己満足に陥っていたことが、次の政権の欠点だった。1938年、チャーチルはチェンバレン内閣を激しく攻撃したとの記録がある。

内閣はドイツが再軍備するのを妨げることも、自国を適宜、再軍備することもしなかった。エチオピアを救わず、イタリアと口論するだけだった。政府は国際連盟という大きな組織を悪用し、信用を失墜させ、過去の過ちを修正できるかもしれない同盟や連合をつくることも怠った。その結果、この苦難の時に、わが国にはいまだに適切な国防も効果的な国際安全保障もない。

若いころのチャーチルは好戦的だったかもしれないが、第二次世界大戦が起ころうとしていたこのころ、彼が以前と変わらず好戦的だったと非難するのは難しい。彼は紛争を避けるために、できるだけのことをした。再軍備が必要だと言ったのは、軍備をじゅうぶんに整えておけば、その軍備を使うことにはならないだろうと考えていたからだ。それでも、戦争が起きると、チャーチルは参戦したがった。戦争が避けられなくなった場合は、できるかぎり早く敵を倒すために、精力的に、積極的に戦闘を行うべきだと強く思っていたからだ。第一次世界大戦のときにも同じように考えていた。1916年に下院でこう述べている。「戦争を、その場しのぎで対応する緊急事態のように考えてはいけません。戦争とは、終結するまで、国の一大事業なのです。戦争は、終結するまで、私たちの生きる目標であり目的となるのです」

戦争を回避させようとしていた1930年代のチャーチルは、政府にとって厄介な人物だった。いっぽう、そのころの政府は現実から目をそむけ、参戦を免れることを願うばかりだった。じっさい参戦することになったとき、軍備は整っていなかった。

1942年、チャーチルはボーイスカウト協会で、設立者のロバート・ベーデン＝パウエルを称えるスピーチを行った。「備えよ」という言葉を体現したようなパウエルをチャーチルが敬っていたのは驚くことではない。

チャーチルとヒトラー

ヒトラーとチャーチルは一度も会ったことがなかったが、チャーチルはヒトラーが自分の敵になるだろうと本能的にわかっていた。「私が憎んでいるのはヒトラーだけだ——それはとてもプロフェッショナルなことだ」と、1940年、秘書官のジョン・コルヴィルに語ったという。

ヒトラーがドイツで台頭してきた時期が、チャーチルがやや（一時的に）力を失っていた時期と重なったのは不運なことだった。1930年代の初頭にチャーチルが政権内部にいたら、ドイツに関する彼の予感はもっと広く、早く、受け入れられたかもしれない。

第一次世界大戦後、多くのイギリス人は、ヒトラーがドイツの経済と自己意識を回復させたと思っていたが、チャーチルも同じように考えていた。1938年、いまとなっては悪評の高いスピーチでこう語っている。「つねづね言っていることですが、もしイギリスが戦争で負けていたら、我々を世界のなかで正当な地位に引き戻してくれるヒトラーのような存在を私は求めていたでしょう」。このスピーチは、ドイツのリーダーを賞讃したものと解釈されることが

「この邪悪な男、憎しみと敗北というこの恐ろしい堕落……」

1940年10月21日、アドルフ・ヒトラーに言及した言葉より

多い。しかし、チャーチルは、この男は多くのことを成し遂げられたかもしれないのに、その特質をうまく利用することに惨めなまでに失敗している、と述べている。

　それでも、チャーチルは敵を過小評価するという失策はおかさなかった。ヒトラーは敏腕の政治家で策士だ（気まぐれな軍事戦略家ではあったが）。彼を無能扱いするのは愚かというものだろう。相手がまるで好意をもてない敵であっても、その能力は正当に評価すべきだとチャーチルは心得ていた。たとえば、南アフリカにいた19世紀の終わりごろには、不承《ふしょう》不承《ぶしょう》ではあったが、ボーア人の軍事スキルの高さに敬意をもつようになった。北アフリカでヒトラー軍の指揮をとった「砂漠のキツネ」ことエルヴィン・ロンメルも、チャーチルがしぶしぶ敬意を表した人物だ。『第二次世界大戦』ではロンメルのことを「すばらしい戦争の賭博師」と表現している。

彼の熱情と大胆さはわれわれに耐えがたい災厄を加えた、しかし彼は私が下院で述べた賛辞に値する人物であった。もっともこれには一般からいくらか非難もあった

が、とにかく私は一九四二年一月に下院で次のように述べた——「われわれには非常に大胆な、そして巧妙な敵手があります。戦争の大破壊を越えて、偉大な将軍と申してよいかと思います」。彼はまたわれわれの尊敬に値する人物である。というのは、彼は忠誠なドイツ軍人ではあったが、ヒトラーと彼のやり方全部を憎むようになり、この狂人であり暴君である人間を除くことによってドイツを救おうとした……陰謀に参加したのである。

また、イタリアのムッソリーニの政治哲学をすべて受け入れていたわけではないが、彼の統率力には敬意をもっていた（１９３３年にロンドンで開かれた反社会主義、反共産主義の会議で、ムッソリーニのことを「存命の人のなかでもっとも偉大な立法者だ」と述べている）。だが、ドイツやイタリアの権力者への嫌悪感が揺らいだことがあると考えるのは大きな誤解だ。ヒトラーのことはとくに強い言葉で侮辱し、第一次世界大戦時のオーストリア軍での彼の地位を揶揄して「ヒトラー伍長《ごちょう》」と呼んだ。さらに、１９４５年にフランスを訪れたときには、ベルリンに向けて放たれる砲弾に「親展、ヒトラー様」と記したという。

チャーチルのヒトラー政権への姿勢は、１９３８年10月に議会で行われた演説の次の一節に集約されている。

イギリスの民主主義とナチスの権力とのあいだに、友情が芽生えることはありません。ナチスの権力はキリスト教の教えを拒絶し、残酷な異教の教えで道を示し、攻撃と征服をよしとし、迫害することに強さと堕落した喜びを覚え、私たちが目にしてきたように、情け容赦のない残虐さで殺人という脅威を振りかざしている。そうした

憎しみはなかなか消えない

チャーチルは、選挙でヒトラーを権力の座に就かせたドイツ国民も責めを負うべきだと感じていた。国全体を貶《おとし》めることは望んでいなかったものの（「ドイツ国民に対する偏見はまったくありません」と1935年に強調している）、ドイツを酷評している。1930年にはすでに彼の見解ははっきりしており、『ストランド』誌にこう書いている。「……頭も切れるし勇気もあるのに、彼ら（ドイツ人）は権力を崇《あが》めていいように操られている」。3年後にはこう書いている。「ドイツ人は世界でもっとも恐ろしい人たち」だが、「流血を好むように子どもを育てていること、あらゆる前線から侵略を行うべきであるという理論を子どもたちに植えつけていることが、なにより恐ろしい」

権力は、イギリス民主主義にとって、信頼に値する友とはなりえない。

チャーチルでさえ、ナチスの行為の邪悪さには衝撃を受けた。他の国々と同じように、ホロコーストの残虐さが明るみに出るにつれ、不信感を覚えるようになった。1944年、外務大臣のアンソニー・イーデンへ宛てた手紙で、チャーチルは嫌悪感と怒りを露わにしている。

これが史上最大の、もっとも恐ろしい犯罪であることは疑いがありません。それが偉大なる国家とヨーロッパ有数の民族の名のもとに、名ばかりの文明人によって、科学的な手段で行われているのです。

この犯罪に関わった者は、命令に従っただけの者も含めて、裁判を受けたのちに処刑されるべきだと、チャーチルは強く主張した。さらに、ホロコーストに関わった人間を探し出すべきだと公言した。

戦時中にヒトラー総統を「ヒトラー伍長」と呼んだのは、相手の権威を傷つけることに一役買った。だが、戦後は、そうした呼び名は不敬で、不適切だとみなされるようになった。『第二次世界大戦』でチャーチルはこう書いている。「自ら服従を許したヒトラー支配下のドイツ人によって罪が犯されたが、これは規模と邪悪さにおいて、人類の記録を暗黒にした、いかなるものにもその類を見ないほどのものだった」

チャーチルとヒトラーは、母国に対して強い愛情がある点で共通していた。また、母国には権力を行使する権利と、敬意をもって扱われる権利があるという信念も同じだった。さらに、必要なときには武力を行使しながら、大帝国を治める資格が自分にはあると、どちらも信じていた。ふたりとも熱烈な国粋主義者だったのは確かだが、チャーチルが民主主義と個人の自由を擁護したのに対し、ヒトラーは独裁政治を行って反対派を抑圧した。まるでコインの表と裏のようになったのは、なぜなのだろうか。1946年5月、チャーチルはオランダの議会でナショナリズムについて演説をしたが、そのなかで両者の根本的な違いについて述べている。「ナショナリズムとは国を愛することであり、国のために死ぬ覚悟をもっているということです。私の言う国への愛情とは、伝統や文化への愛情であり、国家として尊厳のある

「彼は史上もっとも血に飢えた、素人の戦略家だ……この5年間、この男は焼き討ちにできる相手を求めて狂ったようにヨーロッパじゅうを捜しまわっていた……この異常な心理状態は、麻痺性の疾患か、酔っぱらいの妄言としか言いようがない」

1941年5月、チャーチルを評したヒトラーの言葉より

社会を何世紀にもわたって築き上げていくことです。それこそもっとも重要な美徳です」。「ナショナリズムがプライドや権力、影響力や武力によって究極の支配を得たいという欲望を意味するなら、そして世界でもっとも巨大な国になりたいという無分別な衝動を意味するなら、それは危険であり悪行であります」

優雅に立ち直る

「幸運がつきたら、
その空間を
気迫で埋めなくてはいけません」

第一次世界大戦中、妻に宛てた手紙より

第二次世界大戦中のチャーチルのように、政権に復帰するのは珍しいことだ。10年以上も政権から遠ざかっていたのに、国の歴史上もっとも重大な時期に、もっとも重要な仕事に返り咲いたのだ。さぞかし、ほくそ笑みたかったことだろう。だが、彼は威厳をもって首相の座を引き受け、その地位にふさわしく厳粛に仕事に取り組んだ。

もっと若いころだったら、仕事に取り組む姿勢も違っていただろう。若いころと、数々の経験を経たあとでは、やり方が異なるのも当然だ。じっさい、若いころの彼は図に乗っているともっぱらの評判だった。1911年のシドニー街の戦いや、1914年のアントウェルペン包囲戦を思いだせばわかるだろう。さらに、1926年にゼネラル・ストライキが起こると、ジャーナリスト魂を抑えることができず、政府機関紙の『ブリティッシュ・ガゼット』を発行した。『モーニング・ポスト』(かつての雇用主)の事務所を使って『ブリティッシュ・ガゼット』をつくり、社会秩序を乱すストライキは受け入れられない、と政府のプロパガンダをあからさまに行った。いつもどおり攻撃的な記事のなかで、こう宣言している。「国がゼネラル・ストライキを壊すか、ゼネラル・ストライキが国を壊すかのどちらかだ」

だが、ふたたび首相に就任するまでのあいだ、仕事でもプライベートでも多くの失敗を重ねてきた彼は、大口をたたいたり傲慢な態度をとったりしなくなり、品性を身につけた。この章の冒頭で引用した言葉を見てもわかるとおり、チャーチルは逆境のときほど強かった。そして、首相在任中は毎年のように、あらゆる方面から困難がふりかかった。

1915年のダーダネルス作戦の失敗が彼のキャリアの汚点と言われているが、チャーチル本人が最大の失敗と考えていたのは、1925年の金本位制への復帰だ。これによりポンドの価値が固定された。直観的には金本位制は歴史にゆだねるのがよいと思っていたのだが、当時の経済学者の助言を受け入れて、金本位制への復帰を決めたのだった。その結果、輸出は減り、デフレが起き、失業者が増え、ゼネラル・ストライキを誘発することになった。おそらく、ストライキに不満を募らせていたのは、自分の行動がストライキを招いたという思いもあったのだろう。

1929年に大蔵大臣を辞任してからは「荒野の時期」を過ごした。敵対者からはあざ笑われ、古くからの味方にも見放された。これまでの自分の攻撃的な態度のツケが回ってきたようだった——じっさいにそうだったものも、彼の思いこみも含めて。保守党のなかには、1904年に彼が自由党に鞍替えしたことを許していない者も多くいた。自由貿易を擁護したこと、ダーダネルス作戦を指揮したこと、アイルランド統治法を制定したこと、金本位制へ復帰させたことへの腹いせをする者もいた。批評家によると、重要な局面でのチャーチルの判断には疑問も残るという。

1930年代に高額な再軍備を求め、ドイツの拡大に断固として反対を唱えていたチャーチルは、戦争を扇動したと非難された。だが、ヒトラーを抑えこむのが難しいことが明らかになると、世論はとつぜんチャーチルに味方した。イギリスの大御所の政治家チャーチルはずっと正しかったのだ、と。首相の座を狙うライバルはほかにもいたが、結局、他の者はその座に就こうとしなかった。

運というものがいかに早く変化するものか知っていたチャーチルは、じつに謙虚に首相指名を受け入れた。彼は生涯で少なくとも6回は選挙で落選している——これほど多くの人に愛され賞讃された人にしては、ずいぶん落選回数が多い。また、幼い娘の死や、1929年のウォール街の暴落による財産の損失など、個人的な不運にも何度も見舞われてきた。苦難に対処するときのように、熟慮のうえ慎重に勝利を受け入れるようになったのも当然だろう。

はたしてその後も、何度か運命の下降を経験することになる。戦時中のイギリスを救った人物だったにもかかわらず。チャーチルの保守党が1945年の選挙で敗れるのを見たジョージ6世は「これまで国民のために懸命に働いてきたのに、なんと恩知らずなことか」と言ったという。選挙で冷遇されて傷を負ったチャーチルだったが、それほど気に病んではいなかった。

最高勲章を授与されたときのスピーチでは、こんな疑問を呈したという。「国民から解雇通知を突きつけられた私が、ガーター勲章などいただいてもいいものでしょうか？」当時、70代だったチャーチルは、じつに彼らしいやり方で、この敗北に対応した。次の総選挙で勝利し、首相官邸に戻ってきたのだ。

チャーチルの尊敬する作家ラドヤード・キプリングの著書『Ｉｆ（もしも）』のなかに、チャーチルも共感した言葉がある。

もしも栄光と災難が目の前に現れ、
そのふたつの虚像をきみが同等に扱えるのなら
……この世とこの世のすべてはきみのものになる
我が息子よ、きみは立派な男になるだろう

首相官邸に入る

チャーチルは国の４つの最高職のうちの３つに就いた。大蔵大臣、内務大臣、そして首相だ。外務大臣にだけはなれなかった。１９４０年５月10日、彼は歓声を浴びながら首相官邸に入った。つねに大舞台を踏んできた男は、意気揚々と新しい役に就いた。

事態が急展開したのだった。５月７日、ノルウェーでの対ドイツ作戦の失敗が議論となっていたものの、ネヴィル・チェンバレンは下院で信任を得た。たしかに票数ではチェンバレンが勝ったが、彼は自分の時代が終わったことを悟っていた。そこで、チェンバレンとハリファックス卿とチャーチルは、誰が次期首相を務めるべきかを秘密裏に議論した。チェンバレンはハリファックス卿を推し、ほかの保守党員も同意見だった。ジョージ６世も同意見だったが、そのうちチャーチルを高く評価するようになった。いまでも理由はわからないのだ

「私が差しだせるものは、血と労苦と涙と汗だけだ」

1940年5月13日、首相として初めて行った演説より

が、ハリファックス卿は退き、チャーチルが首相になることになった。あとから考えれば、それが正しい決断であったことは疑いがない。ハリファックス卿は政府の宥和政策に緊密に関わっていたからだ。労働党の指導者たちはハリファックス卿のもとで働く気はないと公言していたし、そもそも本人が首相になりたいのかどうかも疑問だった。

5月13日、チャーチルは首相として議会で初めての演説を行った。この演説は彼のキャリアを象徴するものになった。

閣僚の面々に言ったのと同じことを、議員の皆さんにも申し上げたい。「私が差しだせるものは、血と労苦と涙と汗だけだ」と。我々の目の前には、たいへん厳しい試練が待っています。何か月にもわたる困難と苦悩が待っています。我々の方針をお尋ねでしょうか。答えはこうです。戦争を遂行するのが我々の方針です。海で、陸で、空で、神から与えられたすべての力を使って戦うのです。暗く嘆かわしい人間の罪のなかでも、もっとも恐ろしい独裁政治と戦う。それが我々の方針です。目的は何かとお尋ねでしょうか。答えはひと言で表せます。それは勝利です。いかなる犠牲を払ってでも勝つことです。どれほど恐ろしくとも勝つことです。その道のりは長く険しいものかもしれません。ですが、勝たなければ生き残れないのです。それを認識しなくて

はいけません。大英帝国も、帝国が支持してきたものも生き残れないのです。目標に向かって前進しようという、その時代の衝動も勢いも絶えてしまいます。ですから、私は気力と希望をもって、この仕事を引き受けます……

そして、先に待ち受ける難局に耐えられるよう、国民を堅固にするプロセスが始まった。「血と労苦と涙と汗」という表現はとても説得力があり、チャーチルは首相に就任してから1942年の終わりまでに、6回もこのフレーズを使っている。

自分はこうなる運命にあったのだとチャーチルは思っていた。首相の座に就いた最初の夜は安堵《あんど》する気持ちが大きかった、と述べている。運命がついに自分を必要としたと感じ、これまでの人生はすべてこのためにあったのだ、と思ったという。とはいえ、目の前の課題の大きさはじゅうぶん承知していた。熱狂的な国民に迎えいれられたとき、チャーチルはイスメイ大将（軍事主席補佐官）にこう漏らしている。「なんと哀れな国民たちよ。彼らは私を信頼しているが、私が彼らに与えられるものは、長きにわたる災難しかない」

だが、そうはならなかった。首相になってからの数か月、数年は賞賛に値することはほとんどなかったが、とてつもない災難は免れた。もしも1940年のバトル・オブ・ブリテンで敗北したり、ダンケルクでイギリス軍が全滅したりしていたら、イギリスの見通しは暗くなっていただろう。それでも、それ以降の難局を乗り切り、失敗を乗り越えると、1942年終盤には、戦争の「始まりの終わり」だとひとまず言えるようになった。彼の指揮のもと、イギリスは明らかに運が上向きはじめた。チェンバレンが首相を続けるか、ハリファックス卿が首相になっていたら、そのような好転は想像もできなかっただろう。

先頭に立つ

「やらねばならないことはただひとつ、
安全な道はただひとつです。
正しくあろうとすること、
そして自分たちが正しいと信じることをしたり
言ったりするのを恐れないこと。
この困難な時代にあっては、
それこそが我々の偉大な国民に値する唯一の方法、
そして国民の信用を得るための唯一の方法なのです」

1941年、下院での演説より

チャーチルはけっして消極的な性格とは言えない。どんな運命が待っているか知る由もなかったが、自分はリーダーになるべくして生まれてきたのだと感じていた。だが、その職に就く運命にあると信じることと、その役割をうまくこなすスキルをもっていることとのあいだには、大きな溝がある。著名な歴史家A・J・P・テイラーは有名な著書『イギリス現代史1914―1945』のなかでチャーチルのことを「イギリスの救世主」と述べている。では、生涯をかけてチャーチルが磨いてきた、首相にふさわしい特質とはなんだろう。

先述のとおり、チャーチルは状況を読むのがじつにうまかった。加えて、政治においても軍においても、熟達した戦略家だった。どちらにおいても失敗はあったが（たとえば金本位制への考えや、不運に終わったガリポリの戦いへの肩入れ）、失敗から学びを得た。過去には個人的に軍の遠征に加わり、四大陸に赴いたこともある。

彼のもっとも大きな強みは、ぶれないことだ。戦時中は日常が根底から覆されたが、彼は変わらないものの象徴だった――葉巻をくわえた姿は、決然として、冷静で、頼りになるジョン・ブル［典型的なイギリス人を指す］だった。だが、こうした性格に加えて、すばらしい柔軟性ももちあわせていた。それが正しいことだと納得すれば、簡単に方針を変えるのだ。彼はよくこう言っていた。「私は変わらずにいるよりも、正しくありたい」。またこうも言っていた。「これまで、何度も自分の発言を撤回してきた。それが健全だとつねに思っていた」

チャーチルの挙国一致内閣は、じつに開放的だった。1939年8月、自分の考える「挙国一致」とは何かを、下院で述べている。「国の安全保障のためなら、政党の意見も、個人の意見も、政党の利益も、犠牲にするのが合理的です」。さらに、軍の幹部の意見に信頼をおいていて、自分が権力を振りかざしたり、軍を支配したりすることはなかった。大きな権限をもっていたのに、傲慢になることはほとんどなかった。

だが、いったん行動すると決めたら突き進む人だった。戦時中の不安な時期には、その態度が国民をおおいに安心させたのは確かだ。1929年にも「政策を取りやめたり変えたり」しないことが肝要だと強調する演説を行っている。チェンバレン内閣の決断力のなさに業を煮やしていたようで、1936年には議会で次のように発言している。

政府はただ、決断できないだけなのです。あるいは、首相に決断を促せないだけなのです。そして奇妙なパラドックスに陥っている。決断しないことを決断し、優柔不断であることを決定し、頑なに成り行きに任せ、全力で無能であろうとしているだけな

のです。

チャーチルは公の場では自分の役割を謙虚にとらえていた。国民はライオンで、自分は吠えられるばかりだ、と述べている。だが、日々の首相の仕事においては、ずいぶん注文の多い人だった。彼のスケジュールは独特で、午前中はきまってベッドのなかで執務をし、昼寝をしたあとは夜遅くまで熱心に仕事をこなした。スピーチや公文書やアイデアは風呂場で口述筆記させ、労働裁判所が扱いきれないほどの数の秘書を悩ませたという。それでも、スタッフの大多数がチャーチルへ強い忠誠心をもっていた。

彼の仕事量を見て驚かない者はほとんどいなかったし、問題の核心に迫ろうと大量の資料を分析する能力にもほとんどの人が驚いた。確固たる労働倫理をもっていて、周りにも自分と同じペースで働くことを要求した。国民にも身を粉にして働くことを求めた。何度もラジオ演説を行って、国民にこの難局を耐えてほしいと懇願した。「Keep Buggering On（戦いつづけろ）」の精神だ。1940年に下院で行った、あの有名な「もっとも輝ける時」の演説では、来るバトル・オブ・ブリテンに備えるよう国民に訴えた。「我々の義務を果たしましょう。そして、1000年後の大英帝国と英連邦諸国に『あれはもっとも輝ける時だった』と言われるような振る舞いをしましょう」

チャーチルはきつい仕事から逃げなかったし、責任を負うことも厭《いと》わなかった。全責任を負い、不屈の精神で厄介な重荷を背負った。第一次世界大戦時のダーダネルス作戦から得た教訓が、彼の姿勢にはっきりと表れている。

事前になんの不安もなく攻撃を開始した人などいないのです。不安はむしろもつべきです。でも、行動に移すべきときが来たら、不安を抱える時間は終わりです。戦争への道のりは、ほとんどの場合、引き返すことはできません。質問に対する答えは「はい」か「いいえ」しかないのです。そして、人はその答えに縛られなくてはなりません。

よいリーダーとは、不屈の精神をもった信頼がおける人物であるとともに、他者の才能を認めて発掘する意欲のある人だ、とチャーチルは考えていた。

どう話すかが大切

「話し手にとってもっとも嬉しいのは、
自分の話の重要なポイントが
聴衆に伝わることです」

1927年のスピーチより

チャーチルは多岐にわたるリーダーの素質を兼ね備えていたが、史上まれに見る名演説が今日まで伝わっていなかったら、これほどの敬意をもって、その名が私たちの記憶に刻まれていただろうか？　そうではなかっただろう。数々の演説を録音できる時代に生きていたからこそ、伝説的な存在になったのだ。

古代ギリシャ・ローマ時代には、レトリック——効果的で説得力のある話し方や書き方の技術——がたいへん重んじられていた。プロのメディア担当アドバイザーがいて、表面的なニュースばかりが流れる今日では、以前ほど優れた技術とは思われていない。だが、チャーチルは対話の重要性をけっして過少評価しなかった。演説をするときにも、スピーチライターの力を頼ることはなかった。１８９６年、ニューヨークの政治家で、チャーチルの若いころのメンターだったボーク・コックランに対し、こう言っている。

私が知るかぎり、大勢の人がマジシャンに操られているのを見ることほど面白い経験はありません。弁論術は定義するのも獲得するのも難しいものですが、なによりも貴

重な才能です。

チャーチルの弁論術は、数々の発話障害に対処するなかで磨かれてきた。1901年の議会での処女演説は、いくつかの新聞で「舌足らずな発音が残念だ」と評されたものの、広く好意的に受け取られた。初期のころは少し耳ざわりな声だし、演説には抑揚がなく及び腰だとも言われた。それ以来、チャーチルはその点を意識して対処するようになった。これが前例となり、マーガレット・サッチャーなども、キャリアにプラスになるように声の出し方を改めたという。チャーチルは言葉が華美になりすぎないように気をつけた。そして、自分の低い声が生きるよう、台本を読むようにゆっくりと話す方法を身につけた。発話障害は彼を妨げるどころか、特徴づけるものになった。

演説内容を考えるのも得意だった。自分の言葉を大胆に編集して、明確で説得力のあるものに仕上げた。聴衆の興味を惹きつけて逃さないのもうまく、戦時中はこれが大いに力を発揮した。

チャーチルの演説の優れた点を見てみよう。

●一度に話すテーマはひとつだけにする。
チャーチルは聴衆の集中力が途切れてしまうような、複雑な話をまくしたてるのは意味がないと知っていた。たとえば、1919年、プリンス・オブ・ウェールズ（のちのエドワード8世）にこう言っている。「伝えたい大切な事柄があるのなら、遠回しにうまく話そうとしてはいけません。くい打ち機のように話すのです。大切なポイントをまず一度打ち、その後に話を戻してもう一度打ち、さらにもう一度打つのです」

●シンプルな言葉を使う。
人は自分の語彙が豊富であることを示したくなるものだ。チャーチルもその点で優れていた。だが、聴衆にメッセージを伝えるには、普段使っている言葉で話すのがいちばんだと知っていた。自慢気な話は誰も聞きたがらないものだ。

●甘ったるい言葉で包まない。
戦争には苦難がつきものだ。リーダーが何事も包み隠さず話せば、イギリスの国民はどんな難局にも対処できると、チャーチルは確信していた。1941年に下院でこう述べている。「戦況が思わしくないことを聞きたがるのはイギリス国民だけだ。たとえ最悪の状況でも知りたいらしい」

●希望を与える。

隠し事をしないのが最善の策ではあるが、状況はこれからよくなるという期待を国民にもたせるのがいい。

◉色彩を加える。

チャーチルは自分の演説を興味深いものにするための方法を実践していた。聴衆の心をつかむ語り、歴史を思い起こさせる印象的なイメージ、感情の発露など。

◉聴衆を刺激する。

チャーチルの演説は、周りの人の結束が固くなるように考えられていた。あなたのチームに加わりたいと思う理由を与えること！

チャーチルは正しいタイミングで正しいことを言う能力に長けていた。公人として働いていた数十年間を振りかえると、キャリアの各フェーズにおいて際立った演説をしている。だが、もっともすばらしい時期を選ぶとすれば、1940年しかないだろう。この年、チャーチルはドイツ軍侵攻の危機に直面するなか、首相に就任した。一連の画期的な演説のなかで、今日まで語り継がれる数多くのフレーズを残している。

国民を奮い立たせた「血と労苦と涙と汗」の演説に始まり、その数週間後には、ヨーロッパの一部が陥落するなか、対ヒトラーの戦いへと国民を駆り立てる有名な演説を行った。「私たちは最後まで戦わなくてはなりません。フランスで、海で、大洋で、戦わなくてはなりません。空中戦で培った自信と強さをもって戦わなくてはなりません。どれほどの犠牲を払おうとも、我々の島を守らなくてはなりません。海岸で、飛行場で、野原で、通りで、丘の上で戦わなくてはなりません。私たちはけっして屈してはならないのです……」

バトル・オブ・ブリテンが勃発する直前の1940年6月（この戦いに「キリスト教文明……イギリス人の生活、国の公共機関や帝国の存続」がかかっていた）、チャーチルはインスピレーションを与えつづけた。「我々の義務を果たしましょう」と訴えた。「そして、1000年後の大英帝国と英連邦諸国に『あれはもっとも輝ける時だった』と言われるような振る舞いをしましょう」。そして、イギリス空軍を称える普及の名言を言って話を締めくくった。「人類が行ってきた争いのなかで、これほど多くの人がこれほど少数の人に助けられたことは、いまだかつてありません」。ここまで挙げてきた短い文章は、当時彼が行った演説のほんの一部にすぎないが、言葉を贅沢に使って国民への演説を行っていたことがわかる。

英語に対して愛着があり、英語が乱用されるのが我慢ならなかったチャーチルが、ベーシック・イングリッシュと呼

「彼は英語を動員し、戦場に送りこんだ」

1963年、チャーチルがアメリカ合衆国名誉市民の称号を授与された際の、ジョン・F・ケネディの言葉

ばれる言語に興味をもったのは不思議だ。これは言語学者のチャールズ・ケイ・オグデンが1930年に発案した、1000語にも満たない単語からなる言語だ。語数を減らした言葉なら世界じゅうで使えるだろうし、第二言語として英語を学ぶ人の学習にも役立つだろう、という考えのもとにつくられた。1943年の演説でチャーチルはこう述べている。「ベーシック・イングリッシュの問題には、とても興味があります。これが広まれば、大きな地域同士を併合させるよりも、はるかに長期的で多くの実りを私たちにもたらしてくれるでしょう。英語を話す国の仲間に加わるメリットを増やせば、アメリカとより緊密なつながりをもつべきだという私の考えもおわかりいただけるでしょう」

いっぽう、アメリカのフランクリン・ローズヴェルト大統領は、それほど熱心ではなかった。1944年6月にチャーチルにこんな手紙を送っている。「もし、1940年の5月に、あなたがベーシック・イングリッシュの5つの主要な言葉を使って、自分が提供できるのは『血と仕事と目から出る水と顔から出る水しかありません』と演説していたら、歴史はどうなっていたでしょう」

ベーシック・イングリッシュを使うかどうかはともかく、いまでは、演説がチャーチル風だと言われるのは最高の褒め言葉だ。

ユーモアを忘れない

「赤ちゃんはみんな私に似ている。
いや、私が赤ちゃんに似ているのだ」

友人から、孫がチャーチルに似ていると言われたときの言葉チャーチルはまず兵士になり、そのあと政治家に転身した。どちらも気軽にやれる職業ではない。ふたつの世界大戦が勃発した暗い時代に要職を務め、イギリスが経済危機に陥った時期に政界の最前線にいるなど、言ってみればつねに銃撃戦を余儀なくされてきた。だが、その間、つねにユーモアのある人との評判を保っていたし、なにより、狙いすましたように名文句を言うのを好んでいた。

前ページに引用した言葉からもわかるように、彼のユーモアは自虐的なものが多い。自らの欠点や弱点を認識できないほど、プライドは高くなかったのだ。自分が他人からどう見られているかも、よくわかっていた。言葉遊びも好きだったようだ。1902年の『モーニング・ポスト』紙のインタビューでは、政治家の生活についてこう語っている。「すわってじっとしていたいのに立てと言われる。それに嘘をつくものだと思われている」。ローズヴェルト大統領がチャーチルの居室を訪れた際は風呂あがりだったため、素っ裸で大統領を迎えたという。チャーチルはこう言ったそうだ。「イギリスの首相がアメリカ大統領に隠すことは何もありません」。すべての国際的な交渉が、これくらいの透明性をもって行われていたらよかったのだが。

しかし、自分のことだけをジョークのネタにしていたわけではない。自分に逆らった人たちを辛辣《しんらつ》に批判することもあった。なかでも、1945年の総選挙で勝利した労働党のクレメント・アトリー首相のことを「もっと謙虚になったほうがいい」と評したのは痛烈だった。つねに印象的な言葉を考えていたが、残念なことに、ときおり配慮に欠ける言葉になってしまうこともあった。あるとき、女性初の国会議員、ベッシー・ブラドックが、チャーチルを「うんざりするような酔っぱらい」と非難したことがあった。そのとき彼は剣のように鋭く、やや冷淡に言葉を返したという。「ベッシー、きみはブサイクだな。すごくブサイクだ。明日、私が素面《しらふ》に戻っても、まだきみはすごくブサイクだろう」

これは本当にあったエピソードなのか議論されてきたが、最新の情報では、どうやら本当らしい。コメディー映画俳優のW・C・フィールズのセリフを真似たようだ（言葉は若干変えている）。チャーチルは女性議員を不快な気持ちにさせることがよくあった。ナンシー・アスターともやりあった。あるとき彼女が「ウィンストン、もし私があなたと結婚していたら、コーヒーに毒を入れてやるわ」と言うと、こう返したという。「ナンシー、もし私があなたと結婚していたら、私はそのコーヒーを飲むだろう」

相手が官僚でも軽妙な言葉を忘れなかった。いつも官僚の曖昧な言葉に憤っていたチャーチルは、１９４４年のある日、官僚が書いたメモが前置詞で終わっているのを見て、冷たく返した。まさにペンは剣より強し。余白にこう書いて、その下級官僚を打ちのめした。「これほど意味もなく、つまらないものに、これ以上耐えるつもりはない！」これもまた、勝たなくてはならない戦いだった……。

チャーチルと黒い犬

チャーチルが人生の明るい面を見られたのは、まちがいなく幸運だった。生涯にわたって重大な仕事をしていたので、それは必要な時間だっただろう。気分が落ちこみがちな人だったことを考えればなおさらだ。

ときおり訪れる憂鬱な気分のことを、彼が「黒い犬」と呼んでいたのは有名な話だ。彼のオリジナルの言葉ではない。サミュエル・ジョンソンが初めて使った言葉のようで、チャーチルが生まれ育ったヴィクトリア時代に広く使われるようになった。彼の憂鬱症は、いったいどれほど深刻なものだったのだろう？　学者たちも数十年前から、この疑問に興味を抱いてきたが、いまだに結論は出ていない。

議論の中心となったのは次の点だ。はたしてチャーチルはじっさいに深刻な鬱病だったのか、それとも、誰もが経験するような気分の上がり下がりにすぎなかったのだろうか？　起伏の激しい人生と、対処しなくてはならなかった問題の大きさを考えると（何千もの人を戦地に送りだすことより重大な仕事などあるだろうか？）、鬱病を患っていたとしてもおかしくない。彼の父親も深い悲しみに苦しんでいたし、チャーチルの娘のひとりは、後年、自殺することになる――精神的に弱い家系であったことも確かだ。

今日では、チャーチルは躁鬱《そううつ》病だったと言う者もいる（宣伝に使う人もいる）。一部の地域では、精神疾患の克服を象徴する人物ともなっているという。周りがヒトラーを賞讃するなか、チャーチルが当初からヒトラーを信用しなかったのは、彼独特の悲観的な見方で世界をとらえていたからだとも言われている。だが、こうした説を裏づける臨床的な証拠はほとんどない。


「今日の私の背中には黒い犬が乗っている」

チャーチルがよく口にしていた言葉

それでも、チャーチルは自分が暗い気分になってしまうのは、大きな問題だと考えていた。だからこそ、それに名前をつけたのだろう。最悪だったのは、急進的な自由主義者だった1910年代のことだ。のちに医者にこう述べている。「2、3年ほど、絵から光が消えたかのようでした。下院で席にすわっているときも、黒く憂鬱な気分でした」。さらに続ける。「特急列車が通過するときは、プラットホームの端に立っていたくありません」

だが、クレメンティーンはそれほど深刻な問題だとは思っていなかった。ときおり気分が落ちこむことがあるのは知っていたが、誰もが経験するのと同じで、それほどひどいものではないし、長期にわたって続くものだとは思っていなかった。ただ、クレメンティーンは不屈の精神の持ち主だったので、彼女の評価が正しいかどうかはわからない。でも、彼女の意見はウィルフレッド・アッテンボローら現代の学者の研究結果とよく似ている。アッテンボローによると、精神疾患は言われているほど深刻なものではなく、さまざまな症状が複雑に絡みあっていた可能性があるという。

気分の浮き沈みがいかにひどくて長期間にわたったものであっても、公務に支障がでるほどではなかったし、彼がキャリアを積むなかで起こった数々の危機を考えると、多くの事例はおそらく許されてもいいだろう。

国民とつながる

「世間一般の人々の意見には
深い敬意をもっているが、
日々の仕事が
世論調査に影響されることはない」

1953年、マーゲイトでのスピーチより

前ページで引用したように、チャーチルは積極的な政府がいいと信じていた。だが、政府は国民に尽くすためにあること、政府が効率的に機能するには国民の善意と協力が欠かせないことも忘れてはいなかった。困難な時代には、とくにそうだ。１９４１年の終盤、チャーチルはオタワのカナダ議会で演説をし、ひとりひとりに役割があると述べた。

この奇妙で恐ろしい世界大戦では、すべての人に役割があります。性別も年齢も、体が元気かそうでないかも関係ありません。千通りもの役割があるのです。ただし、素人、弱虫、サボる人、怠け者の出る幕はありません……敵は我々に狙いを定め、団結し、連合し、全面戦争を要求しています。受けて立とうではありませんか。

高貴な家に生まれたものの、チャーチルは普通の人々に本能的に親近感を覚えていた――同じような家柄に生まれたほかの人たちよりも、そういう傾向が強かったのはまちがいない。作家であり軍人であった彼は、あらゆる階層の人たちと触れ合うのに熱心だったし、先述のように、自由党員として閣僚を務めていた初期のころは、急進的な社会政策を推し進めていた。同じ階層の人たちから裏切り者と呼ばれたのも、それが所以《ゆえん》だ。「普通の人々」に愛情を抱いていたものの、彼らのような生活の苦労をほとんど経験していなかったことを考えると、それは保護者のような視線だったかもしれない。しかし、国民を見下すような話し方や、露骨に国民の機嫌をとるような話し方をしないように気を配っていた。たとえば、1941年には、国民に向かってこう述べている。

私がこの国のみなさんから親切な扱いを受けているのは、近年、私が世論に従っているからではありません。やらねばならないことはただひとつ、安全な道はただひとつです。正しくあろうとすること、そして自分たちが正しいと信じることをしたり言ったりするのを恐れないこと。この困難な時代にあっては、それこそが我々の偉大な国民に値する、そして国民の信用を得る、唯一の方法なのです。

先述したとおり、チャーチルは厳しい状況を、じっさいよりよく見せようとはしなかった。国民を大人として扱うことを恐れなかった。『第二次世界大戦』のなかでこう述べている。

大衆の指導においては、すぐに一掃されてしまう偽りの希望を主張するほど悪い間違いはない。イギリス国民は危険や不運に対して忍耐と陽気さをもって直面することができるが、しかし欺かれたり、あるいは自分たちの事柄に責任を持つ人々が、愚者の楽園に暮らしていたことがわかると、激しく憤る。

彼は国民全体が戦争という難局に対峙する様子に感慨を覚えた。1941年には国じゅうをまわって敵から受けた損害を目撃したが、「人間的で個人的な問題よりもずっと高尚な大義に関わっているという意識に輝き、静かで、自信に満ちた、明るく微笑む瞳に」勇気づけられたと語っている。「……けっして征服されない人々の魂が見える」と話を結んでいる。

勝利が確実になると、チャーチルはすぐに国全体を称えた。1945年5月8日のヨーロッパ戦勝記念日にはこう述べている。

これはみなさんの勝利です！　あらゆる国における、自由という大義の勝利です。これまでの長い歴史のなかでも、今日ほどすばらしい日はありません。男性も女性も、全力を尽くしてくれました。すべての人が全力を尽くしてくれました。どれほど長い期間であろうと、どれほど危険であろうと、敵の攻撃がどれほど熾烈《しれつ》を極めよう

と、イギリス国民の揺るぎない決意が弱まることはありませんでした。みなさんに神様のご加護がありますように。

貴族院（上院）の議員になったことは一度もなく、下院で議員のキャリアを積んできたのは注目に値する。二期目の首相を務めたあと、エリザベス2世から公爵の叙爵《じょしゃく》を打診されたが（ロンドン公爵を打診された）、断ったという。理由はいろいろあったが、自分が貴族院に行けば、息子のランドルフの政治家としてのキャリアを妨げる可能性もあることが理由のひとつだったと思われる。理由がどうあれ、高貴な家に生まれながらも親しみやすさを持ちあわせていたチャーチルは、「偉大な一般人」として死んでいくのがふさわしい。

逃げずに戦う

「国民も王も、困難なときこそ、
その真価が問われる。
もっとも評価される素質は勇気だ。
なぜなら、これまでも言われてきたように、
勇気はほかの人の命をも救うからだ」

1931年、『ストランド』誌に掲載された言葉

戦時中のリーダーとしての、チャーチルのもっとも優れた功績は、国民の戦闘意欲を保ったことだろう。1930年代、ヒトラーを食い止めようとする努力が失敗に終わり、戦争が避けられない状況になると、彼は全力で戦い抜く決意をした。宥和政策をとったことによってチェンバレン内閣の道徳的権威は損なわれ、宣戦布告後に国を鼓舞する力もなくなっていたが、チャーチルがそうした問題に直面することはなかった。

繰り返して言うが、チャーチルはけっして戦争を軽く見ていたわけではない。戦争の現実にはひどいショックを受けていた。『世界の危機』で1916年の第一次世界大戦についてこう書いている。

この戦争は歩兵が虐殺されるなど、恐ろしい道を進んでいる……私は毎日、自分に向かって問いかけている。私たちがここにすわっているとき、夕食をとりに出かけているとき、あるいは家路についているとき、いったい何が起こっているのか、と。24時間ごとに1000人近いイングランド人、イギリス人、私たちの民族が、血まみれ

のぼろ布の束と化し、墓場に連れていかれたり、野戦救急車に連れていかれたりしている……

悲惨な戦争の状況を目の当たりにして、この争いを最速で終わらせるには全力で戦うしかないと、チャーチルは確信する。1901年のボーア戦争のときには、こう述べていた。「不運にも戦争に巻きこまれてしまったら、犠牲を払ってでも早期に平和を勝ちとらなくてはならない」。43年後、これと同じことを言っているのが記録に残っている（『第二次世界大戦』にも書かれている）。

現在ヨーロッパで起きている戦争の状況を考えると、最大規模で、最大級の激しさと継続性のある戦略をとるべきだ。早期に敵を陥落させるには、その方法しかない。ここからが本番だ。

熱い炭の上を歩けと言われたら、足に火傷を負わないように素早くためらわずに歩くのがいちばんだ、とチャーチルにはわかっていた。しかし、くすぶっている炭を前にした初心者に向かって同じことを言うかどうかは、また別の問題だ。それでも、彼は何度もそうやって国民をうまく引っ張ってきた。勝利するたび国民の士気を高め、失敗するたび国民を鼓舞した。戦時中に秘書を務めていたエリザベス・ネルに向かって、こんなことを言っている。「我々は倒れるまで、軍馬のように進みつづけなくてはならない」。人を鼓舞する才能をもっていたのはチャーチルだけだったろうか？　断定するのは難しいが、そうかもしれない。チェンバレンも、ハリファックス卿も、アトリーも、チャーチルと同じことができたとは思えない。

「彼が偉大な人物だったからこそ、もっとも暗い時代に、多くの人々に希望の光を与え、絶望の連鎖から解き放つことができたのだ。いまの時代に、彼ほどすばらしい人はいない……世界に影を落とした権力者なら過去にもいる。だが、ウィンストン・チャーチルは光と希望の源だった」

1965年、オーストラリア首相ロバート・メンジーズの言葉

国民に対して正直でいたいと願ったチャーチルは、この先に待ち受ける困難を過小に見せかけることはしなかった。首相になって間もない1940年には、イギリスが敗戦するかもしれないという見通しを隠そうともしなかった。首相に就任してから数週間後、首相官邸でこう語っている。「この長い物語が終わるとすれば、降伏して終わるのではなく、意識を失って地面に転がった状態で終わるべきでしょう」。戦時中のリーダーの言葉としては異例だが、現実

的でありながら、心をゆさぶる発言だ。

1940年3月には、議員に向かってこう述べている。「私たちはこれまでと同じように、苦楽を受け入れなくてはなりません」。彼はけっして甘いことは言わなかった。事態は厳しく、完全な勝利を手にするまで、だれも安心できない。「勝利への道は我々が思うより長くないかもしれません」。その年の8月に述べている。「しかし、それを当てにしていてはいけないのです。その道のりが長くても短くても、厳しくてもそうでなくても、我々は旅の終わりまで行かなくてはならないのです」。エル・アラメインの戦いで画期的な勝利をおさめたあとの祝勝会が控えめに行われたのも、それが理由だ。これで終わりではないし、終わりの始まりでもない、とチャーチルはすかさず強調した。始まりの終わりにすぎないのだ、と。

チャーチルはいったん争いに巻きこまれたら、逃げるのをよしとしなかった。彼にとって唯一の選択肢は、戦いながら前進することだった。ヒトラーは外交政策が通用する相手ではないとわかっていた彼は、厳しい戦いを覚悟した——死が待っているかもしれない、と。第二次世界大戦中に繰り返し述べた言葉のなかで、受け身でいる時期はとうに過ぎたとほのめかしている。「私は行動することを懸念してはいません。行動しないことを懸念しているのです」

チャーチルの暗い側面

「我々は野獣だろうか？やりすぎだろうか？」

第二次世界大戦中、ドイツへ空爆を行ったときの言葉

チャーチルは人生最後の25年間、また亡くなってからはさらに、さまざまな言葉で賞讃されてきた。だがいっぽうで、彼がそれまでに行ってきた選択は不十分だったと指摘する評論家も大勢いる。人種差別主義者の帝国主義者、女性差別主義者、民衆の抗議運動には冷たく、戦時中は残酷だったなど、さまざまな言葉で非難されている。

批評家は現在の道徳基準で彼を評価しすぎているのかもしれない。いまなら不快に思われるような倫理感覚が多少あったかもしれないが、ほとんどは善意あるものだった。それでも、彼が当時から物議をかもす人物であったことや、彼の態度、姿勢、行動が軋轢《あつれき》を生むものだったことを認めないのはよくないだろう。ひじょうに長いキャリアのなかでとってきた行動が、まったく疑問視されないのは奇跡というものだ。

いまだからこそ、彼の判断にはミスもあったとわかる。なかには深刻なミスもあった。事実、女性の権利を求める運動や、インドの独立指導者マハトマ・ガンディーに対する態度など、いくつかの重要な事柄に関しては、自ら方針を転換したこともある。批判の多い決断をせざるを得ない状況もあったはずだ。私たちはそうした決断を行わずにすむことに、きっと感謝するべきなのだろう。

チャーチルは市民の暴動が我慢ならなかった。たとえその裏に大義があったとしても。イギリスの議会制民主主義には、異議を申し立てる政治的な手段があると信じていたからだ。突発的で暴力的な暴動は、彼が愛する民主主義の仕組みを土台から壊すものだった。1926年のゼネラル・ストライキのときもそうだ。数十年前の、自由党の改革主義者だったころのチャー

イギリスのブルドッグの攻撃

まちがいなく、チャーチルには冷酷なところがあった。友人、味方、スタッフに対する忠誠心はひじょうに篤かったが、他人にも同じように忠誠心を求める人だった。彼に逆らうなら、危険を承知のうえでなくてはならない。自分を失望させた人に対しては、ひどい個人攻撃をしたと言われている。たとえば、1941年、ボブ・ブースビー（チャーチルの古くからの同僚で、チャーチルの蔵相時代には議会担当秘書官をしていた）が公職にあったとき、金銭的な利益を申告しなかったとして議会の特別委員会に召喚されたことがあった。そのとき首相だったチャーチルは、ほとんど同情しなかったという。「国民の信頼を取り戻すために、不発弾処理班にでも加わるべきだ。心配ない。爆弾は爆発しないかもしれない」

チルなら、まちがいなく労働者の窮状《きゅうじょう》に同情を覚えたはずだ。彼らの多くは、第一次世界大戦から生還したものの、最低水準以下の生活しかできなかった。ところが、さまざまな業種の労働者たちがストライキをして路上で抗議運動を行い、経済に深刻な影響が出はじめると、チャーチルは抗議運動を起こした労働組合会議と対決姿勢に入った。彼が発行した『ブリティッシュ・ガゼット』紙は人々を扇情するばかりで、決定的な対立を招いた。もっと冷静で慎重であればよかったのかもしれないが、激しい挑発に直面したチャーチルは引き下がることができなかった。

ゼネラル・ストライキはチャーチルの好戦的な側面を引き出したが、サフラジェットの運動のときも同様だ。彼は女性たちの主張に完全に反対しているわけではなかった。だが、クレメンティーンも無念だっただろうが、彼は女性の選挙権を認めることに、しだいに懐疑的になっていった。新しい有権者たちが政治状況を一変させてしまうことを危惧していたのだが、そもそも大多数の女性が本当に選挙権を欲しがっているのか疑問に思うようになった。サフラジェットの運動が過激さを増してくると（チャーチルを線路に突き落とそうとした女性をクレメンティーンが追いはらったこともある）、彼の態度は硬化するばかりで、彼女たちの主張を会議で繰り返し却下した。彼の意見が変わることはなく、収監されたサフラジェットに強制的に食事をとらせるという物議をかもす方法を、内務大臣として禁止することを拒んだ（彼女たちは政治犯の扱いにされた)。

　第一次世界大戦中は、銃後を守るという大切な仕事を女性が担っていたが、戦争が終わると、チャーチルも女性の参政権を認めることに前向きになった。女性にも男性と同じ参政権がようやく認められてから11年後に第二次世界大戦が勃発したが、このころにはチャーチルも女性の役割に寛大になっていた。「何百万人もの女性が前に進み出て、ほかの世代の人たちが見向きもしないような役割や仕事を担ってくれなければ、このたびの戦争を遂行することはできなかったでしょう」と、1943年9月に、ロイヤル・アルバート・ホールで述べている。また、こうも言っている。「世界じゅうの産業界やあらゆる場において女性の地位が著しく向上したのが平和な時代ではなく戦時中であったことは、おかしく思えるかもしれません……社会における男性と女性の役割がいまよりはるかに完全に平等である社会に向けて大きな一歩を踏み出せたのは、戦争から学ぶところがあったからです」。女性たちがそれほど暴力的ではない方法で参政権を求めていたときには、ほとんど支持しなかったチャーチルが、遅まきながらようやく見せた譲歩だった。

　チャーチルが残した戦争の記録はこれまでさんざん精査されてきたが、1939年から1945年までの間にとった行動のなかでもっとも議論が分かれるのは、1945年2月に行ったドレスデンへの空爆だろう。都市部に軍事拠点が点在していたのは確かだが、文化的な建物や居住地も破壊され、死者数は2万5000人とも20万人とも言われている。2月の終わりまで攻撃を免れることができたのは、ドレスデンのわずか10パーセントに当たる地域のみだ。
1940年の時点では、チャーチルも爆撃作戦に反対意見を述べていた。ある議員が、国民はドイツの街への一斉攻撃を望んでいると発言したときは、こうたしなめている。

これは軍事戦争であり、民間の争いではありません。あなた方は女性や子どもを殺したいと思っているのかもしれませんが、私たちが望んでいるのはドイツの軍事拠点を破壊することです（そしてそれに成功しました）。

だが、1942年になると、彼の口調は変わりはじめる。その年の5月、無線放送で、市民たちは軍事拠点への爆撃から逃れられるのではないかと述べている。

ドイツの国民がこの攻撃から簡単に逃れられる方法があります。軍需物資を製造している都市から離れ、仕事を捨て、野原へ行き、家々が燃えるのを遠くから眺めていればよいのです。瞑想《めいそう》したり悔い改めたりする時間ももてるでしょう。自分たちが何百万人ものロシアの女性や子どもたちを雪のなかで死に追いやったり、農民や戦争捕

虜を集団処刑したりしたことを思いだすかもしれません。それが、大なり小なり、彼らがヨーロッパに古くから住んでいる人や名高い人たちに対して行った仕打ちなのです。

ドレスデンへの空爆は、ヒトラーがオランダのロッテルダムやイングランドのコヴェントリーを破壊するなど激しい挑発をしたあとに行われた。空爆によってドイツは士気を失い、戦争を早期に終わらせることができるだろうとの考えから、イギリス軍幹部のあいだでは、この作戦が非公式ながら正当化されていた。爆撃隊の司令部にいたアーサー・ボンバー・ハリスらは、作戦の実行を強く進言した。チャーチルは粛々と爆撃許可を出したものの、翌月には懸念を表明した。参謀総長にこんなメモを書き送っている。

名目上はどうあれ、たんに恐怖を増大させるためだけにドイツの都市部を爆撃するのかという問題を、再検討する時期が来たようです。そうでなければ、私たちは完全に破壊された土地を支配することになるでしょう……ドレスデンの破壊は、連合国の爆撃に対して深刻な疑念を残します。敵ではなく我々に有利な展開になるように、軍事拠点についてさらに詳しく調べる必要があるというのが私の意見です。

こうして、ほかのドイツの都市は（少なくとも）同じ目には遭わなかった。だが、ドレスデンの悲惨な運命は、ドイツ人とその同盟国の人々の心に深い傷を残した。戦略上の理由を鑑みて正当化され得るかどうかについては、いまだに大きく議論が分かれている。明らかに、チャーチルは良心の呵責《かしゃく》を感じていた。彼が許可しなければ空爆は行われなかったのだかか ら。ここから得られる教訓は、たとえ自分が「正しい側」にいたとしても、戦争には恐ろしい習性があり、自分のもっとも暗い側面と向き合わざるを得なくなる、ということだろう。

チャーチルと帝国

今日の観点から見てもっとも議論を呼ぶのは、チャーチルの帝国への考え方だろう。先述したとおり、彼は帝国の黄金時代に生まれ育った。イギリスには帝国を統治する権利があり、イギリスのように文明の進んだ国に支配される国々は幸運だ、という考え方が広く受け入れられていた時代だ。階級を問わず、多くの人がこうした強力な言葉に同意していた。だが、その根底には民族固有の優越意識があるという論点は、今日の政治論ではほとんど語られない。
　１９０８年に刊行された『アフリカへの旅（*My African Journey*）』で、チャーチルは当時の一般的な概念「高潔な野蛮人」について繰り返し述べている。「アフリカ先住民は堕落に満足したまま底辺にいることに安堵を覚え、すべてが不足しているのに何も望まないという点で豊かだ」。さらに当惑させられるのは、１９３７年に彼がパレスチナ王立委員会で、パレスチナのアラブ人について語った内容だ。

飼い葉桶のなかにいる犬が飼い葉桶に対して最終的な権利をもっているという理屈は受け入れられません。たとえ、その犬がずっと以前からそこにいたとしてもです。そうした権利を私は認めません。たとえばアメリカのインディアンや、オーストラリアの黒人が、これまでひどい仕打ちを受けてきたという主張を、私は認めません。彼らより強い人種、地位の高い人種、あるいは何と言いましょうか、世知に長けた賢い人種が彼らの土地を奪うという悪行を働いたという主張も、私は認めません。断じて。インディアンが「アメリカ大陸は我々のもので、ヨーロッパから来た移住者たちに土地を明け渡すつもりはない」と言う権利があるとも思っていません。

先住民たちが暴動を起こしそうになると、厳しく対処した。1919年、イギリス委任統治領メソポタミア（現在のイラク）でクルド族の反乱が起きたときには、秘密裏にこんなメモを記している。「野蛮な部族に対しては毒ガスを使ってはどうかと思っている」。さらに「大きな不便と強い恐れを生じさせつつも、被害者に永続的で深刻な影響を与えない」程度のガスのほうが砲弾や銃弾より望ましい、と続けている。人道的に聞こえるかもしれないが、先に挙げた言葉ににじむ民族の優越性は隠しきれない。また、1952年にケニアで起こったマウマウ団の乱を制圧するために派遣されたイギリス軍の振る舞い（組織的な拷問が行われたと言われている）は、いまだに議論の的だ。キャリアの初めから終わりまで、チャーチルは大英帝国を強化したいという願望から、外国の国民に対して幾度も残忍な態度を取ってきた。

大英帝国の王冠についている宝石は、チャーチルがインドから奪ったものだ。独立運動の中心人物だったガンディーに対しても、痛烈な批判を行った。大英帝国とインドに対するチャーチルの基本的な考え方は、1904年にマンチェスターで行われた演説によく表れている。

我々のインド統治は何によって成り立っているのでしょうか？　恐怖によってではありませんし、物理的な力によるものでもありませんし、我々の政府がより優れた知識を持っているからでもありません。我々の動機が純粋で高尚で、インドの人々の幸

福を追求するものだとわかっているからです。そうでなければ、3万人の民間人と7万人の兵士によるインド統治は、1か月ももたないでしょう。イギリスの正義こそ、イギリス自治領の礎なのです。

イギリスの覇権は慈愛に満ちたものだと、チャーチルは純粋に信じていた。1947年、政府がインド統治を手放す準備をしていた際には、それは「放棄すること」だと語り、インドは「我々が申し分のない統治をしている」領土だと述べている。「残忍な内戦に発展すること」を危惧し(きわめて正確な予測だったと、のちに判明する)、権力の移譲が急速に進みすぎていると考えたからだ。

チャーチルは領土に対して同情を示しているつもりだった。1935年には、ガンディーの友人だったG・D・ビルラに「将来についてたいへん憂慮している」と語っている。だが、彼のインドやインド国民に対する見方は進歩的なものとは言えない。たとえば、1943年、世界大戦による窮状に目を配ってはいたものの、ベンガルで起こっていた大飢饉に対処するインド当局への

「世界の国々の中で私たちだけが、帝国と自由とを結びつける方法を見出した」

1940年の言葉より

支援は、ほとんど行わなかった。この大飢饉では300万人が亡くなっている。本国周辺で数々の問題に直面していたのは確かだが、イギリス政府はインド亜大陸に物資を供給することについては消極的で（ヨーロッパや北アフリカに大勢の兵士を投入していたことは忘れてはならない）、イギリス当局やチャーチル個人への信頼が失われることになった。

ガンディーへの態度も褒められたものではなかった。政治家チャーチルの長年の盟友ダフ・クーパーによると、1920年、ガンディーの非暴力の反乱について、「ガンディーの手足を縛ってデリーの入口に転がし、総督を乗せた巨大なゾウに踏みつけさせるべきだ」と言ったという。1931年には、「まるでテンプル地区にいる扇動的な弁護士が、東洋の托鉢僧《たくはつそう》の恰好をしているようだ」と非難している。

最終的に、このふたりの偉人はどうにか和解した。ガンディーはチャーチルの思いやりと善意は信じられると考え、チャーチルは歴史の流れには逆らえないと悟った。だが、帝国に住む人々の利益を思いやることよりも、大英帝国の物語をできるだけ長く続けたいという願望が上回ることがたびたびあった。1942年、インド国民会議が、日本軍の侵攻に対しては消極的な抵抗をする、と宣言するのを聞いたあと、チャーチルはこう言ったという。「私はインド人が嫌いだ」。皮肉のつもりだったのだろうが、この言葉からは統治者と統治される側とのあいだの、絶えざる緊張感が感じとれる。

贅沢を楽しむ

「もう少し酒をくれ。
私には戦わなくてはいけない戦争がある。
戦争には不屈の精神が必要なのだ」

１９４３年、ホワイトハウスの執事に向けて言った言葉

1931年、チャーチルがニューヨークのプラザホテルに宿泊したときの話だ。フロント係が要人の客に何か入用なものがないか電話をかけて確かめようとした。電話に出たチャーチルは側近のふりをしてこう言ったという。「チャーチル様の嗜好は非常にシンプルです。何でも最高級のものであればご満足されます」。冗談ではあったが、多分に真実が含まれている。じっさい、チャーチルは上質な生活を好んでいたし、食べ物と酒と葉巻に関してはいっさい妥協しなかった。

彼にとって食べ物はたんなる栄養素ではなく、人生で味わうべき重要な要素だった。若いころから食欲はすごかった。学校の食料庫から砂糖を盗んでむち打ちの罰をくらったこともある。第一次世界大戦に従軍していたときは、クレメンティーンにコーンビーフ、ステーキ・アンド・キドニー・パイ、スティルトンを送ってくれと頼んでいたほどだ。スティルトンは彼のお気に入りのチーズだ。ロクフォール・チーズやグリュイエール・チーズで我慢していたときもあったようだが。「スティルトンとポートワインは夫と妻のようなもの」と語っている。「このふたつは切っても切れない関係だ。『神が一緒にしたものを離れ離れにしてはならない』。女性についても同じことが言える」

　戦時中は首相官邸や首相の別荘チェッカーズでも、食事は基本的に配給に頼っていたが、チャーチルの旺盛な食欲は変わらなかった。じっさい、旺盛すぎるくらいだった。年齢を重ねるにつれ、お腹周りも大きくなっていった。亡くなる前年、クレメンティーンからダイエットをしたほうがいいとしつこく言われたが、結局それまで使っていた体重計よりも低い値がでる体重計を買っただけに終わった。ある晩、サラダを出された彼はこう言った。「トマトにはなんの不満もないが、人間は他のものも食べなくてはいけないと思う」

　食べすぎも問題だったが、酒の飲みすぎも同じくらい大きな問題だった。1930年代には政敵からもその点を問題視され、ローズヴェルト大統領もチャーチルが首相にふさわしい人物かどうか疑問をもったという（チャーチル

チャーチルのように食べる

チャーチルは高価な食材が好きだったが、概してシンプルな調理法を好んでいた。肉にはソースをかけすぎないのが理想だったし、澄んだスープやポトフが好きだった。魚やその他のシーフード、チドリの卵、ビーフ、ラム、ヨークシャー・プディング、そして甘党の彼は何よりもチョコレート・エクレアを好んでいた。なぜか、朝食はいつもベッドでひとりで食べたがった。

はチャーチルで、アメリカの禁酒法は個人の自由の冒瀆《ぼうとく》だと考えていた）。大酒飲みとの評判はあったものの、彼が酔った状態で公の場に出てきたことはほとんどない。ただ、議員のベシー・ブラドックは疑念を抱いたことがあったかもしれない。また、1943年のテヘラン会談では、ロシアの代表団から供されたウォッカを飲みすぎてしまったというエピソードもあるが、チャーチルは酒に強かったので、ほとんど問題はなかった。

時を経るにつれ、大酒飲みという評判どおりに振る舞うのを楽しむようにもなった。たとえば1952年には、ジョージ6世に向かって、若いころは昼食の前に強い酒は飲まないことにしていたが、いまは朝食の前には飲まないというルールに変えた、と語ったという。じっさい、朝早くから飲みはじめ、一日じゅう飲んでいた。だが、周りが思っていたのとは違い、いつも大量の水で薄めていた。チャーチル自身も自分は大酒飲みであるという印象を広めてはいたが、じっさいはどちらかと言えば、分別をもって飲む人だった。「私は酒を飲んでも酒に飲まれることはない」とたびたび言っていたらしい。

そして、もちろん、葉巻を好んでいた。1999年、『シガー・アフィシオネイド』誌は、チャーチルを20世紀でもっとも葉巻を吸った人物に選んだ。葉巻に多額のお金をつぎこんだことを後悔するようになったそうだが、それでも葉巻代を倹約しようとはしなかった。息子のランドルフに葉巻を2本見せて「長くて強いものがお勧めだ」と言ったという。高級な葉巻を好むようになったのは、1895年にキューバに行ったことがきっかけだ。お気に入りのブランドはロミオとジュリエットだったが、カマーチョも吸っていた。

彼は健康への影響など考えない人だった。第二次世界大戦中に飛行機で移動しなくてはならなかったときは、酸素マスクを改良し、マスクごしに葉巻を吸えるようにしたことすらある。一日に10本程度を吸うというよりくわえていることのほうが多かったが、半分ほど吸ったと

チャーチルのように飲む

インドに駐留していた若いころ、チャーチルはウィスキーを好んでいた。最初はその味が好きではなく、現地のお茶や水を飲まなくてもすむように、我慢して飲んでいただけだったらしい。だが、その後は生涯にわたってよく飲むようになり、ウィスキーとソーダを手にしていないチャーチルを見かけることは少なくなった。気に入っていた銘柄はジョニー・ウォーカーで、赤ラベルも黒ラベルもどちらも飲んでいた。その他はポートワインを少々、ブランデー（ハインを好んでいた）、ポル・ロジェ社のシャンパーニュも楽しんでいた。オデット・ポル・ロジェにこう語ったことがあるという。「シャンパーニュがないと生きていけない。勝利したときは褒美として飲む。敗北したときは、飲まなければやっていられない」

ころで終わりにすることもたびたびあった。1952年、『ニューヨーク・タイムズ』紙が、チャーチルとエル・アラメインの戦いのヒーローである陸軍軍人モントゴメリーとの対談を掲載した。「私は酒もタバコもやらないので、健康状態は100パーセント問題ありません」とモントゴメリーが言うと、チャーチルは「私は酒もタバコもやりますが、健康状態は200パーセント問題ありません」と答えたという。

さらに、葉巻を吸っているおかげで自分は品行方正でいられる、とまで言ったらしい。1931年には『ストランド』誌にこんな記事を書いている。

タバコが私の神経に与える鎮静作用のおかげで、気まずい会談や交渉の席でも落ち着いて礼儀正しく振る舞えたのかもしれないし、重要で不安な待ち時間を落ち着いて過ごせたのかもしれないのに、どう言ったらわかってもらえるだろう?

勝ったときこそ寛大に

「報復ほど
多くの犠牲を伴う
不毛なものはない」

1946年に述べた言葉

かつて、チャーチルの言葉を戦争記念碑に刻もうという計画がもちあがったことがある。じっさいには刻まれなかったが、その言葉とは「戦争には決断。敗北には闘魂。勝利には寛大。平和には善意」だ。この言葉には紛争や平和に対する彼の姿勢が表れている。注目したいのは「寛大」だ。勝ったときこそ寛大でいる、という考えだ。

負かした相手に対して寛大でいるという姿勢は、チャーチルが首相を引き継いだあと数か月で亡くなってしまったネヴィル・チェンバレンへの賛辞にも表れている。チェンバレンは1930年代にチャーチルが誰よりも嫌っていた人物だ。1938年にはこんなことを言っている。「あの古臭い人物は、屈辱的な降伏を受け入れることしか頭にない」。痛烈な批判だ。それでも、1940年11月にチェンバレンが亡くなったときには、かなり寛大な言葉を使っている。「ここ数年の恐ろしく悲惨な年月について歴史がどう判断するかはわかりませんが、ネヴィル・チェンバレンは自らの観点に立ってじつに誠実な行動をしてきましたし、もてる力と絶大な権力を最大限に発揮するよう努力していましたし、いま現在私たちが関わっている恐ろしく破壊的な争いから世界を救おうと努力していました」。敵に対して慈悲深くあるべきときがあると、チャーチルは心得ていたのだ。

チャーチルは主戦論者と言われることもあったが、戦争で戦った相手に対しては慈悲深かった。１９００年、ボーア人との平和条約を起草するときも、厳しすぎるものにならないよう気を配っていた。「復讐は蜜の味かもしれないが、もっとも高くつくものだ」と書いている。１９３０年に刊行された『わが半生』にも、同じことが書かれている。「私は戦争でも論争でもいつも力いっぱい鼓舞激励、圧倒的勝利の日まで推進するが、そのくせいったん終わると、敗者に友情の手をのべよとすすめる」

首相に就任し、嫌われ者のナチスを倒すことを本気で考えはじめるころには、慎重な行動を主張するようになった。和平調停が難問であることはわかっていたし、第一次世界大戦終結時のヴェルサイユ条約がドイツにとって厳しいものであったこともよく覚えていた。そして、もっと寛容な平和条約であったら、ヒトラーが権力を握ることもなかったのではないかと考えていた。

１９４４年、アメリカから横やりが入った。大戦後の調停でドイツに産業を手放させ、牧畜国家にさせるべきだと言
「勝ったときの問題は負けたときの問題よりも合意しやすいからといって、より簡単というわけではない」

１９４２年終盤に述べた言葉

うのだ。これにチャーチルは素早く反応した。「ドイツの非武装化には私も賛成ですが、人並みの生活を送ることを妨げるべきではないと考えます……全国民を非難することはできません」。翌年のヤルタ会談では、過度に懲罰的な賠償金を払わせることに反対した。「馬に荷馬車を引かせたいなら、馬には干し草をやらねばなりません」

ヨーロッパに永続的な平和をもたらすには、「精神的に偉大なフランスと、精神的に偉大なドイツ」が必要だ、とチャーチルは主張した。寛大であるべきだという彼の方針は、現実主義に基づいている。敗北を認めた敵を蹴落とすような真似をすれば、敵は回復しはじめたとたん、より攻撃的になるだけだと考えていた。すべての人に長期的な利益をもたらすには、すべての大国がパイを公平に分け合うのがいちばんだと確信していたのだ。1944年5月、国際連合について議会で議論が行われた際は、こう語っている。「すべての人に幸福と繁栄をもたらす新しい世界構造には、余裕がなくてはなりませんし、ゆくゆくは罪を犯した敗戦国にも幸福と繁栄をもたらすものでなくてはなりません」

だが、敵に対する寛大なアプローチもここまでだった。戦争犯罪を行った個人に対しては容赦なかった。ニュルンベルク裁判において、ヒトラーの部下に公正な裁判を行うよう圧力をかけてきた人たちとは、目も合わさなかったという。1944年にはこんなことも言っている。「犯罪人は殺せ。ただし、数年は生かしておけ」

翌年の4月には、アメリカが開廷に熱心だった裁判への興味もうすれ、とんだ茶番だと個人的なメモに記している。「公平な裁判を認めたとたん、あらゆる種類の複雑な問題が起こるだろう。私は裁判でいかなる責任も負うつもりはない。いくらアメリカが裁判を望んでいたとしても。主犯格の人間は無法者として処刑すればいい――同盟国が望まないような人間であるならば」。彼の言葉からは「神のご加護がなければ、自分もそうなっていたかもしれない」という気持ちが感じられる。1946年、裁判の結果を受けて、チャーチルはイスメイ陸軍大将に向かって顔をしかめながらこう言ったという。「いったん戦争が始まったら、勝つことが何よりも大事だ。君も私も、負けていたらどんな苦境に立たされていたかわからない」

キャリアの最後まで現実主義ではあったものの、寛大であれという信念はもちつづけていた。1952年に下院議員に向けて語った言葉を見てみよう。

戦争捕虜とはなんでしょう？　それはあなたを殺そうとした人、あなたを殺すのに失敗した人、殺さないでくれとあなたに懇願する人です。神の啓示を受けるずっと以前には、敗者に情けをかけることは価値のあることとされていましたし、捕虜がいればば、すべての人が死闘を行うよりも、はるかにたやすく広い領土をコントロールできると考えられていました。

チャーチルのような装いをする

「あのコートは
モーニングコートにしては
長すぎるし重すぎるが、
フロックコートとしては
短すぎるし小さすぎる。
着飾った御者のような出で立ちだった」

1908年、チャーチルの結婚式の衣装について『テイラー・アンド・カッター』誌に掲載された記事よりファッションの中心地でランウェイを歩いて喝采を浴びたわけではないが、ウィンストン・チャーチルは世界じゅうの誰もが、すぐに彼だとわかる風貌の持ち主だった。いまでも、ホンブルク帽をかぶり太い葉巻をくわえた似顔絵がよく描かれている。けっしておしゃれではなかった。彼にとってファッションは、自分の個性を打ちだすものだった。

チャーチルは見た目だけで勝負できる人物ではなかった。身長は170～173センチほど。若いときはスポーツマンのようにがっしりした体軀《たいく》だったが、年配になってからは肥満体だった。色白で、そばかすがあり、若いころは赤みがかった茶色の髪が自慢で、学校では「赤銅色のドアノブ」というあだ名をつけられた。1899年にプレトリアの捕虜収容所から逃げだしたときにつくられた「指名手配」のポスターには、全体的に「控えめな」見た目だと書かれていた。

だが、素材に限りがあるなかで、チャーチルは自分の見かけを最大限に印象的なものにする術を学んだ。そのひとつが帽子だ。1934年、イギリス帽子協会が「目立ちたいなら帽子をかぶろう」という有名なキャッチフレーズでキャンペーンを行ったが、チャーチルがポスターになってもおかしくないくらいだった。数多くの帽子を集めていて、いつも山高帽、ホンブルク帽、シルクハットなどをかぶっていた。

必要とあらば、場に応じた軍服を（帽子も含めて）身につけた。かつて所属していた第4軽騎兵連隊の伍長の制服を着ることもあった。ほとんど見かけだけにこだわっていた場合もある。たとえば、海軍大臣だったときは、海軍経験がないにもかかわらず、王立ヨット連隊の制服を着ることもあったという。

普通の服装のときは着心地を重視していた。肌が敏感だったため、高価なシルクの下着をよく身につけていた。スーツはイギリスの著名なテイラーが仕立てたもの。気に入っていたブランドはサヴィル・ロウにあるヘンリープールで、体にぴったりのスーツを何着も仕立てた。白のストライプが入ったものが多かったという。ファッションの仕上げは蝶ネクタイだ。紺色の水玉模様のものをいつもつけていたので、いまではその蝶ネクタイに、チャーチルの生家として有名なブレナム宮殿にちなんだ名がつけられている。

だが、ファッションにおけるチャーチルの最大の貢献は、いわゆる「サイレン・スーツ」をつくったことだろう。空襲のときに動きやすいことから、そう名づけられた。基本的に上下がつながった服で、いまで言う、あまり評判のよくない「幼児用のオールインワン」と「つなぎ服」の中間のようなものだ。子どもからは「ロンパース」と呼ばれてからかわれていたらしい。サイレン・スーツはジッパーとボタンで留めるタイプのもので、大きなポケットがいくつもついており、着心地のよさと動きやすさを重視してつくられた。

素材はさまざまで、ウールのものもあれば、キャンバス生地でできたものもあった。だが、チャーチルは一歩先へ行っていた。ターンブル&アッサーに、ベルベット素材で色違いのものをつくらせたという（家族が居住していたブレナム宮殿で、いまでも見ることができるかもしれない）。戦争中は、チャーチルといえばサイレン・スーツと言われるようになったが、彼がこのデザインに注目したのは戦前のことで、チャートウェル邸で仕事をするときに適した服だと考えていたらしい。

その後は、服をいっさい着ないことを好んでいた時期もあった。裸でいるのを好んでいた証拠として、「真っ裸」のまま秘書に口述筆記させたというエピソードがいくつも残っている。ほかにも、真っ裸のままローズヴェルト大統領に出くわし（「ユーモアを忘れない」の章参照）、「裸のまま国家のリーダーを出迎えたのは、世界でも私くらいでしょう」とジョージ6世に語ったこともある。

政治以外の生活も大切にする

「コートのひじがすり減るように、
人は心のある部分を使いすぎて、
くたびれさせてしまうことがある……
心から幸せで安心感を覚えるためには、
少なくとも二つか三つの趣味を
もっていたほうがいい。
しかも何か実体のあるものを」

1925年、『ポールモール』誌に掲載された言葉チャーチルは人生の多くの時間を公人として過ごしたが、仕事とプライベートをはっきり分けるように努力していた。長い時間、政治の仕事から離れることはできなかったものの、興味の対象は幅広く、多くの時間と注意を傾けていた。

音楽がとても好きで、軍歌とクラシック音楽をとくに好んでいた。マリー・ロイドやハリー・ローダーといったスターの曲も楽しんでいたという。風刺のきいた曲が、ユーモア好きなチャーチルの興味を引いたのだろう。ギルバート・アンド・サリヴァンのオペレッタの熱心なファンでもあったし、ノエル・カワードとも親交があった。カワードの『狂った犬とイギリス人（Mad Dogs and Englishmen）』の歌詞の細かな点について、ローズヴェルト大統領と夕食をとりながら議論になったこともある。

映画も好きで、マルクス兄弟やウォルト・ディズニーの作品には、とくに好意的な意見を述べている。また、イングランド出身のハリウッドスター、レスリー・ハワードの大ファンで、1943年にハワードが乗った飛行機がドイツ軍に撃ち落とされて亡くなったニュースを聞いたときは、ひどく悲しんだという。

優秀なスポーツマンになるには食べ物と酒に対する情熱がありすぎたが、得意だったスポーツもある。フェンシングで優勝したこともあるそうだが、彼の興味をもっとも惹きつけたのは馬術だ。ポロの名手でもあった。貴族の家に生まれたこともあって、幼いときからこのゲームに親しんでいたし、インドで従軍していたときにも腕を磨いた。50代になるまで普通にプレーしていたという。

狩りにも熱心で、70代になっても猟犬を連れて狩りに出かけ、大きな獲物をしとめるのを

映画マニア

チャーチルがもっとも好きだった映画は『美女ありき』（1941年）だ。これはネルソン提督とハミルトン夫人の関係を描いた映画だ。じっさいの生活でも夫婦だったローレンス・オリヴィエとヴィヴィアン・リーが主演している。舞台背景はナポレオンが支配するヨーロッパ。この映画のテーマがアメリカで共感を呼ぶことをチャーチルは願っていた。当時、アメリカでは第二次世界大戦に参戦するべきだと、ホワイトハウスへの圧力が高まっていた。映画の効果があったというのはいささか非現実的だが、それでもチャーチルはこの映画をとても気に入っており、8回以上見たと自慢していたという。

楽しんだ。腕前は確かだったらしい。サイをしとめたときの話が1908年の『アフリカへの旅』に書かれており、良心の呵責を覚えたことがほのめかされている。「襲われたわけでもないのに、平和そうな草食動物を殺そうと思って攻撃し、争いを生みだしているのは私たちなのだ……人間と獣とのあいだに善悪というものがあるとすれば――ないと言う人はいるだろうか？――善であるのは獣のほうだ……」。だが、あの時代の貴族という社会的な背景を考えれば、そうした良心の呵責は無視できたであろう。彼の馬好きは戦後、別の形となって現れ、競馬に興味をもつようになった。生涯でいくつもの動物を飼っていたが、競走馬も何頭か所有しており、優秀な成績をおさめた馬もいた。もっとも有名なのはコロニストⅡという馬だ。

あまり体を動かさないものも好きだった。1925年、『ポールモール』誌に、いくつかの趣味に関する記事を掲載している。子どものころは切手集めとカードゲームが好きだった（とくに気に入っていたのはベジークというトランプゲームだ）。ほかにも、「家具類、化学、製本」などの楽しみもあると書いている。絵を描くことも好きだった。とくに好きだったのは意外にもレンガ積みで、レンガ積み職人の組合にも入っていたほどだ。『第二次世界大戦』の第1巻でもこのことについて述べている。

私は大体チャートウェルに住んでいたが、そこには私を楽しませてくれるものがたく

さんあった。私は自分の手で二棟の小住宅の大部分と、広い野菜畑の塀を作り、また築山や噴水や大きな水泳プールも作ったが、このプールの水は透明に濾過《ろか》された上に、変わりやすい天気を考慮に入れて、暖めることもできるようにした。

さまざまなものに興味をもち、人生を豊かにすることに価値があると彼は知っていた。1930年代のように政治家としてのキャリアが低迷していたときはとくに、こうしたものを楽しんでいた。1930年代にもっとも夢中になっていたのは絵画だ。

画家チャーチル

数多ある趣味や道楽のなかでも、チャーチルは絵を描くことに無上の喜びを覚えていた。だが、じっさいに絵を描こうと絵筆を手に取ったのはガリポリの戦いが終わったあとで、すでに40歳を過ぎたころだった。当時、クレメンティーンは夫の憂鬱症をひどく心配していて、政治家としてのキャリアを失うのではないかと案じていた。その折にある親戚が、油絵を描いてみたらいいのではないかとチャーチルを促した。のちに彼はこう回想することになる。「絵画の女神に私は救われた」

それからの人生では、絵を描くことが一種のセラピーになった。黙ったまま、世界の心配ごとから気持ちを完全にそらすことができるものは、他にはほとんどなかった。たとえば、1945年、戦後の総選挙で手痛い敗北を喫したときは、イタリアのコモ湖に写生旅行に出かけて気持ちをやわらげた。彼が描いた絵を見れば、絵を描くことでどのように感情を解放していったのかがわかる。初期のころは、暗い気持ちを表現しているように見える。暗い背景に、憂鬱そうな表情を浮かべた自画像は象徴的だ。だが、時を経るにつれ、鮮やかな色が特徴的になっていく。しだいに彼はこう考えるようになった。キャンバスは暗い気持ちから逃れる場所であって、暗い気持ちと対峙する場所ではない、と。チャーチルがフランス印象派の絵が好きだったのも頷ける。

彼は生涯で500点もの絵画を描いた。大多数はチャートウェル邸か旅先で描いたものだ。海外に行くときは、絵画を描くときに必要なたくさんの荷物——スツール、イーゼル、キャンバス、絵具箱など——を持っていくと言い張った。芸術とは過去の伝統を模倣しつつ、現在の革新的な要素を取り入れていくこと、というのが彼の信念ではあったが、じっさいはかなり保守的な芸術家だった。魅力的で理想的な風景画を数えきれないほど描き、その多くは、のちにグリーティングカードに描きなおされた。初期のころの絵は暗めだったが、そのうち明らかに暗さもうすれていき、見ていて心地よい作風に変わっていった。

左に挙げたピカソの感想からもわかるとおり、彼は芸術家と言ってもいいほどの腕前だったが、前衛的な芸術家たちには背を向けていた。著名な画家のジョン・レイヴァリや、第一次世界大戦の公式の画家はこう言ったという。「チャーチルが政治家をやめて画家になっていたら、偉大な絵筆の使い手になっていただろう」

フランス生まれイギリス育ちのポスト印象派の画家ポール・メイズは、チャーチルに大きな影響を与えた人物だ。ふたりは第一次世界大戦の西部戦線で出会った。チャーチルはカムデン・タウン・グループの画家ウォルター・シッカートからも助言をもらっていたが、シッカートは偶然にもクレメンティーンの家族の古くからの友人だった。

彼の実力が認められた場所は他にもある。1947年には、デイヴィッド・ウィンターという名で提出した2枚の絵が、ロイヤル・アカデミーに受け入れられた。亡くなるまでに50点もの作品がロイヤル・アカデミーに展示された。アメリカ、オーストラリア、ニュージーランドなどでも巡回

「もしチャーチルが画家になっていたら、それでじゅうぶん生計を立てられていただろう」
パブロ・ピカソの言葉

展示が行われ、記録的な数の人々を魅了している。

第二次世界大戦中に描きあげた絵はひとつのみだ。モロッコのマラケシュの風景を描いた作品で、静けさに満ちたとでも言おうか、平和を感じさせる絵だ。彼にとっては自分の作品を贈ることが、相手に対する最大の賛辞だった。もし、彼が政治ではなく絵画に全精力を傾けていたら、芸術の世界で名をとどろかせていただろう。いまでは、才能と実力にあふれた絵画の愛好家と認識されている。

だが、チャーチルは名誉や賞讃を求めていたわけではない。あくまで自己満足のために描いていた。1948年には『葉巻とパレット』という書籍を出版している。これは『ストランド』誌のために1921年と1922年に書いたふたつのエッセイを一冊にまとめた作品だ。そのなかで彼は、傑作を描くことには興味がなく、いかに「絵具箱を使って遊びつくすか」に興味がある、と書いている。

彼は絵のおかげで活力を取り戻し、個人的、そして政治的な難局に対処できるようになった。芸術への愛情をこんなふうに語っている。「画家は幸せだ。孤独ではないからだ。日が暮れるまで一日じゅう、光、色彩、平和、希望とともにいられる」。晩年、彼はこう言う。死んだら天国で100万年、絵を描くことに没頭したい。そうすれば技術を習得できるかもしれない。

伝説をつくる
――持続する平和を目指して

「崇高な大義のために努力したり、
我々が死んだあとの世界に
生きる人たちのために
混乱した世界をよりよいものにしたりしないなら、
生きていることに何か意味はあるだろうか？」

1908年、スコットランドで行った演説より

第二次世界大戦が終結するころには、チャーチルも若くなくなっていた。1939年まで波乱万丈ながら輝かしいキャリアを積んできた彼は、戦争を経て国家のヒーローになった。エゴから名声や栄光を求めた未熟な青年期はとうに過ぎた。永遠の栄光を手にした年老いたチャーチルは、この世界を広く、そして将来まで見通すことに興味を抱くようになった。1945年、戦争が終わった数か月後にブリュッセルで行われた会議で、こう述べている。「未来をつくるも損なうも、私たちしだいです」

いまや彼の望みは、すべての人を公平に扱い、持続的な平和の展望を示すことができる、国際的な仕組みをつくることだった。ふたつの大戦が終結した際の惨状を目の当たりにしてきた彼は、第三次世界大戦を起こしてはならないと固く心に誓っていた。1951年10月に行った演説で抱負を述べている。

私がいまも公職にとどまっているのは、賛否はあろうかと思いますが、第三次世界大戦を回避するため、そして人種や国を問わず、多くの人が切実に望んでいる平和の持

続のために、自分が重要な貢献をできると心から信じているからです。

チャーチルはずっと「集団安全保障」を提唱してきた。概して共通の利益をもつ国が運命共同体となり、紛争の恐れを回避し、互いの安全性を高められるような国際的な仕組みのことだ。これに関して、１９３８年には下院でこう述べている。

なぜ集団安全保障が馬鹿げているとおっしゃるのでしょうか？　馬鹿げているのは、いま現在、集団安全保障の仕組みがないことです。自国のため、他国のために、集団安全保障の強力な基盤を提供できないかどうか、考えてみようではありませんか。

ナチスの脅威を撃退した彼には、次の紛争の種がどこにあるのか、はっきりと見えていた。それは、資本主義の西側諸国と共産主義の東側諸国との、イデオロギーの対立だ。ロシアは戦時中こそ同盟国だったが、チャーチルはボルシェヴィズムの台頭を案じていた。彼にとって、ソヴィエト共産主義はヒトラーのナチズムと同じだった。このふたつは北極と南極のようだ、と語っている。「彼らは地球の端と端にいるが、次の日の朝、起きてみたら、自分がどちらの端にいるのかわからないだろう」

１９１９年には、ボルシェヴィズムは「邪悪」「病原体」「害悪」だと述べている。その1年後には下院でこう述べている。「私がロシア社会民主労働党多数派とその主義を嫌っているのは、彼らが主張する経済システムが愚かだからではありません。およそ不可能な平等主義を唱えているからでもありません。彼らが押し入った国々で残忍で悲惨なテロ行為を行っているからです」。それから1年間、彼はロシアの共産主義者が「文明国の人間を石器時代よりもひどい野蛮な状況に」駆り立てていると非難しつづけた。

ヒトラーとムッソリーニの本質はすぐに見抜いたチャーチルだったが、スターリンについては態度を決めかねていた。１９４２年、議会でこう述べている。「彼は傑出した人物です。あふれる勇気と意志の力をもった人物で……救いとなるユーモアのセンスをもっており……深くて冷静な見識のある、幻想などけっして抱かない人物であります」。だが、スターリンやモスクワの上層部との交渉に難航することは、とうぜん予期していた。事実、この3年前にはロシアのことを「何重にも謎に包まれている」と語っている。１９４４年にはこうも言っている。

共産主義者とうまく付き合っていくのは、ワニと付き合うようなものだ。顎の下をなでてやればいいのか、頭を叩いてやればいいのかわからない。口を開けても、笑おう

としているのか、こちらを食べようとしているのかわからない！

それでも、ソ連の努力と多大な犠牲がなければ、連合国側が勝利することはなかったとわかっていた。1945年には、戦後の力関係についてスターリンと合意できるだろうと感じていた。もちろん、それはかなわぬ望みとなるわけだが。チャーチルはスターリンがソ連を統治することに恐れを感じ、「鉄のカーテン」の演説にもあるとおり、戦後世界の平和に対する最大の脅威だと認識していた。「独裁政治とはさまざまな形をとるものです」と、1948年、アムステルダムで行った演説で述べている。「しかし、どんなスローガンを掲げていようと、どんな名を名乗っていようと、どんな装いをしていようと、すべて同じです。つねに、自由な人間を危険にさらし、それに耐えろと要求するのです」

こうした思いから、晩年は、平和を維持するための、政治的にバランスのとれた国際的な仕組みの構築に、無私の心で打ちこんだのである。

チャーチルと爆弾

先述したとおり（「風向きを読む」の章参照）、チャーチルは1920年代から核兵器の開発を恐れていた。当時は自分が世界初の原子爆弾の投下に一役買うことになろうとは思ってもいなかっただろう。1945年8月、アメリカが日本の広島と長崎に原子爆弾を投下したあと、下院でこう述べている。「原子爆弾を使うという決断は、トルーマン大統領と私がポツダム会談で下したものであります。我々は恐るべき抑圧された力を解放するために、その軍事作戦を承認いたしました……」

「もう一度、大戦が起これば、とくにイデオロギーの対立による大戦が起これば、しかもそれが前線のみならず各国の中心地で、これまでにない破壊力をもった兵器を使った大戦が起これば、これまで我々が築いてきた文明が、数百年にわたって破滅することになるでしょう」

1944年、下院で行った演説より

チャーチルは必死に弁解した。ドイツもしくは日本が先に原子爆弾を開発していたら、彼らは躊躇《ちゅうちょ》なくそれを使用していただろう、と。「後世の人々からは恐ろしい決断だったと評価されることでしょう。しかし、自分たちが戦争のない、より幸せな世界に暮らし、自由を謳歌《おうか》しているると気づいたら、この恐ろしく残忍な時代に、恐怖と苦悩を抱えながら、後世の利益のために戦った者たちを非難しようとは思わなくなるはずだと、私は信じています」

チャーチルが危惧していたように、それからも悪いことが続いた。世界はイデオロギーによって分断され、考えられないような破壊力を手にすることが技術的に可能になった。公人としての歩みを終えるときまで、この問題が彼を苦しめた。１９５５年3月、議会で後悔をにじませている。

幸い、私たちはこれまでの歴史にはない時代を生きています。世界の国々は知的に、そして多くは地理的に分断されていますが、共産主義や個人の自由という観念によっても分断されています。また同時に、精神的、心理的に分断された両者が、核の時代の破壊兵器を保有している時代です。

そして、平和を保つための唯一の有効な方法は、核抑止力だと結論づけた。互いが壊滅的な状況になることを恐れる気持ちこそが、二度と大戦を起こさないための最善策だと確信していた。彼は痛切な言葉で話を結んでいる。「公正な戦い、仲間への愛、正義と自由を尊重する心があれば、苦しんだ世代もいつか穏やかに、勝ち誇るように、この恐ろしい時代から一歩踏み出せる日が、きっとくるでしょう」

核抑止力は、数年前からチャーチルが支持してきた大義だった。まもなく、スターリンはチャーチルが期待していたような交渉相手ではないことが明らかになる。「共産主義者と交渉しても無駄です」と、1949年、ニューヨークのリッツカールトンホテルで、聴衆に向かって述べている。「共産主義者を改心させたり、説得しようとしたりしても、何もいいことはありません。彼らを扱う方法はひとつしかありません……いま問題になっている件において、相手に勝る力をもつことです」

核軍縮を訴える団体もいたが、彼にはその考えは受け入れられなかった。1950年、議員仲間に向かってこう語っている。

原爆が我々の国に対して使われるまで、あるいは使われないかぎり、我々はけっして原爆を使用しない、という議論が現在提示されています。これはつまり、狙撃されて死ぬまで、こちらは引き金を引かないということです。私にはまちがいなく、これが

馬鹿げた考えに聞こえますし、受け入れるのは軽率でさえあると思います。また、そのような決定を下すことで、新たな戦争が起こる可能性も出てくるでしょう。

国家間の平和を保つ基盤はけっして高潔なものではなく「恐怖で互いを牽制《けんせい》しあうことだ」、という考えを憂慮する人たちに共感しなかったわけではないが、核の時代に甘い理想を語っている余裕はない、というのがチャーチルの意見だった。各国のリーダーは、平和を保証するための実用的な解決法を考えることが必要だ。常識には反するかもしれないが、その目的をかなえるためには、原爆の保有こそが最善策だとチャーチルは確信していた。

1952年の序盤、彼はワシントンDCに赴き、議会でこう演説した。「攻撃を受けないためにあらゆる抑止力を蓄えることで、私たちは恐ろしい破滅を避けることも、恐怖心が生活に影を落とすのを避けることも、世界の人々の発展が滞るのを避けることもできると、私は信じています」。歴史を見れば、少なくとも現在までは、彼の主張が正しかったことが証明されている。

グローバルに考える

「全世界の未来と、
キリスト教の倫理にもとづく
文明の拡大という願望は、
大英帝国あるいは英連邦諸国と、
アメリカとの関係にかかっていると言っても
過言ではない」

1941年、駐米大使にハリファックス卿を任命したときの言葉より

大英帝国に生まれ育ったチャーチルは、つねに目を外に向けていた。国内政治にもおおいに関心をもっていたものの、彼の心をつかんで離さなかったのは世界情勢だった。大戦後の世界をいかにバランスのとれたよいものにするかを考えるうち、イギリスは大西洋の向こうの仲間と結束する必要があると、しだいに確信するようになっていった。歴史の古い小国イギリスが、たった一国でヒトラーのドイツに勇敢に立ち向かった時期もあったが、イギリスだけで長期間にわたって戦いつづけることはできないと思い知ったのだ。

イギリスと大英帝国の維持を望んではいたが、国際情勢がイギリスにとって有利なものでなくなっていることもじゅうぶん認識していた。1928年には、議員に向かってこう警告している。「……19世紀とは異なり、20世紀はさまざまな面で我々にとって都合のいい時代ではありません。我々の周りでは新しい世界がこれまでにないほど成長しています。大国や競争相手となる国々であふれています」

ふたつの世界大戦による傷は少なかったものの、明らかに国力が衰退していたイギリスでは、次に大戦が起こったらはたして耐えられるのか、という深刻な疑問が生じていた。チャーチルの目指す「集団安全保障」を機能させるには、強力な友好国と同盟を結ばなくてはならない。戦後世界における強国がアメリカとソ連であるのは明白だったため、ロンドンがワシントンに目を向けるのは当然だった。

チャーチルは当初からアメリカとの間に緊密な同盟関係を築こうとしていた。「英語を話す人」同士の重要な同盟だ。１９１８年、ロンドンでアメリカ側と会談した際にはこう述べている。

特別な関係

母親がアメリカ人だったこともあり、チャーチルはアメリカに対して自然と親近感を覚えていた。１８９５年に初めてアメリカを訪れるとすぐに魅了され、アメリカ人は類まれな人々だと述べた。アメリカ人のホスピタリティにも驚き、イギリスにいるときよりも居心地がよくリラックスできたと言っている。イギリスの同僚に言わせれば、じっさい、チャーチルはアメリカ人のようなところがあり、とくにサービス精神が旺盛だったという。表現に凝った演説をしてアメリカを熱烈に賞讃したおかげで、戦時中にアメリカはイギリスに加担してくれ、それが将来の関係性を築くうえでの土台になったと言える。

この島国の国民の心の奥底には、大西洋の向こうの親類ともいえる国と、すべての人々と歴史が見守るなか真の和解を結び、過去に対する非難を消し去り、その過ちの埋め合わせをし……ふたたび心の同盟関係を結び、ふたたびともに歴史をつくっていきたいという願いがあるのです。

彼はこれ以降も、同じメッセージを語っていくことになる。たとえば、1941年のボクシング・デー［クリスマスの次の日に、郵便配達人や使用人など、日ごろサービスを提供してくれている人に贈り物をする日］には、アメリカの議会でこう述べている。

未来を見通す力は、私たちにはありません。それでも、私はここに、確かで神聖な希望と信念を宣言します。今後、イギリスとアメリカの国民は、自らの安全と、すべての人々の利益のために、尊厳と正義と平和のある世界で、手を携えてともに歩むのです。

その2年後にはハーヴァード大学でスピーチし、アメリカには世界の中心国となるべき道義的な責任があると述べた。

偉大さの代償は責任です。もしもアメリカの人々が荒野と格闘し、国内の問題に没頭するだけで、世界の動静になんら影響を与えない平凡な地位にとどまっていたとしたら、海という防波堤の向こうでは忘れ去られた、平穏な国のままだったことでしょう。ですが、文明化された世界において、あらゆる点で主導的な国になるには、世界の問題にかかわり、人々が抱える苦痛に心を震わせ、その大義に奮い立たなくてはならないのです。

7年後の独立記念日にはロンドンでこんなスピーチをしている。

イギリスとアメリカの国民、そして英語を話す国の人々が兄弟のように手を取り合うのは、悲劇と嵐の20世紀を生きる私たちと世界にとって、最善の策だと言っていいかもしれません。

官僚は認めてはいなかったが、この新しい特別な関係において、イギリスのほうが格下であるのは明らかだった。しかし、チャーチルはじつに彼らしく、簡単にその役割を引き受けはしなかった。たとえば1949年には、ニューヨークで観衆に向かってこう言っている。「あなた方の国のほうが大きいかもしれませんが、我々の国のほうが歴史は古い。あなた方のほうが強いかもしれないが、我々のほうが賢い」。1951年には、はっきりとこう述べている。「アメリカに従属する立場であることを受け入れたつもりはない」

だが、ふたつの国が対等な結びつきでないのは明らかだった。アメリカが繁栄するいっぽう、イギリスでは何年も緊縮財政が続き、かつての帝国は消滅した。ほかにも明らかな不均衡が生じていた。戦後、アメリカがイギリスの爆弾開発への支援を拒んだことと、1956年の第二次中東戦争でイギリスの攻撃を支援しなかったのが、いい例だ。

チャーチルのように自尊心の高い人間にとって、これらの出来事は受け入れがたかったが、集団安全保障のことを考えると受け入れざるを得なかった。国家のプライドよりも重要なものがあったのだ。1950年、議会でこう述べている。

大英帝国と英連邦諸国ではどうかわかりませんが、ここイギリスでは、私たちはつねにとても簡単なルールに従っています。それがこの国の安全を維持するのに役立ってきました。それは「悪いことが起こったときこそ、強く団結する」というルールで

す。**英語を話す国々も、そうしようではありませんか。**

アメリカとイギリスの関係は、イギリスの長期的な安全において極めて重要であるとチャーチルは考えていたものの、より複雑化した国際情勢においては、それもひとつの要素でしかなかった。1946年に語ったとおり、チャーチルは、どの国も永遠に見放されない「ヨーロッパ合衆国」を求めていた。ふたつの壊滅的な世界大戦によってもたらされた状況を二度と繰り返さないためには、それしかないと主張した。ヨーロッパはいまだに国同士の結びつきをどのような形にすべきかをめぐって争っているわけだが、チャーチルもまた、自分が名づけたヨーロッパ経済コミュニティーが、自分が生きているあいだにどの方向に向かっていくのか、わかっていなかった。それでも、同盟関係を結んだ国々は、無数にある難題を非軍事的な方法で解決しようと、つねに努力してきた。

彼が思い描いていた集団安全保障の3本目の柱は、骨抜きとなった前身の国際連盟に代わる、効果的な国際連合をつくることだった。1938年には早くも、こう提言している。

国際連盟が機能せず破綻しているのなら、我々が立て直さなくてはならない。平和を求める人々が軽視されているのなら、我々はそれを武装した人同士の同盟に変え、他

国を苦しめることがないよう誠実で、自国を苦しめることがないよう強力なものにしなくてはならない。

自国の利益しか考えない国ばかりの分裂した世界によってもたらされた惨状を、チャーチルは生涯で二度も目撃した。さらに1945年以降は、東側諸国と西側諸国のあいだに新しい戦いが起こっていることも認識していた。それでもなお、3つの柱からなる国際的なアプローチで平和を保つことができると、彼は考えていた。3つの柱とは、イギリスとアメリカの強力な関係、（少なくとも西側諸国からなる）ヨーロッパ合衆国、そして、実権のある国際機関だ。歴史を見ればわかるように、この計画は難題続きだった。それでも、これまでのところ、世界は第三次世界大戦を免れている。

神と折り合いをつける

「私は教会の柱ではないが、
補強用の壁のように
外から教会を支えている」

秘書官アンソニー・モンタギュー・ブラウンの回想によるチャーチルの言葉

ヴィクトリア時代に生まれ、伝統的な上流階級という環境で育ったチャーチルは、宗教とはとりわけ複雑な関係にあった。彼のような生い立ちの者は、教会を崇高な場所であると同時に、社会秩序の基盤として見ることを求められてきた。チャーチルは明らかに後者の視点から教会を重んじていたが、彼個人の信仰心は不確かで変わりやすかった。

それでも、反宗教的で不信心なところがあったというのは誤解だ。組織的な宗教との関わりは柔軟だった、とでも表現すればいいかもしれない。神学の本質や死後の世界には観念的に不確実なところがあると考えていたものの、宇宙には絶対的な導く力が存在するという基本的な信念はもっていた。じっさい、キリスト教は健全な道徳規範を提供してくれるものと考えていた。その規範によって社会は支配され得るし、されるべきだ、と。

父親が早くに亡くなったことが、彼の信仰心を大きく揺らがせたのはまちがいない。だが、学校で伝統的なキリスト教を教わってきた彼の信仰心が大きな転機を迎えたのは、1896年にインドに行ったときだ。インドに滞在しているあいだ、彼はウィンウッド・リードの1872年の著書『人間の苦難（*The Martyrdom of Man*）』を読んだ。ヴィクトリア時代の首相ウィリアム・グラッドストンは、この本を「非宗教的」だと非難している。現世的で、歴史に対して社会ダーウィン主義者的なアプローチをしているからだ。リード自身は無神論者ではない。だが、この本がチャーチルに大きな影響を与えた。基本的な信条に疑問をもち、一時期、無神論者へと傾いた。

だが、戦線での経験を経て、大いなる力の存在をふたたび信じるようになった。幼いころから教えられてきた慈愛に満ちた神という存在を受け入れることはできなかったが、世界には求心力のある導き手がいると信じた。人間ではない「神意」とでも言ったらいいだろうか。「神意」によって、自分には何かとてつもない未来が計画されているのだとチャーチルは確信した。1906年にヴァイオレット・アスキスと交わした会話からも、彼が運命に導かれているという感覚を抱いていたことがわかる。「私たちは虫けらのようなものです。ただ、私は自分が光を発する虫であると信じています」

1948年5月21日、チャーチルはウェストミンスター寺院で行われた、潜水艦や特殊部隊、空挺部隊で従軍中に亡くなった兵士の記念碑の除幕式に出席し、スピーチした。そのときの言葉に彼の神学的なイデオロギーがよく表れている。「この宇宙は至高な存在によって支配され、崇高で道徳的な目的を実現していると、私たちは信じています」。不信心ではないが、宗教に関しては冷静でいたいという願望が表れている。

教会の礼拝には時折しか参加しなかったし、聖職者の権力争いには批判的で、司教や大司教に小言を言うこともあったと知られている。

1945年から1961年までカンタベリ大主教を務めたジェフリ・フィッシャーによれば、チャーチルは神を信じていたものの、なによりイギリスの幸福を気にかけていたという。そのことは、1945年のヨーロッパ戦勝記念日に下院で行った提案によく表れている。「下院のみなさんでウェストミンスターにある聖マーガレット教会へ行き、ドイツの支配という脅威から解放されたことを、謙虚にそして恭しく、全能の神に感謝しようではありませんか」

死や死後の世界についてのチャーチルの考えも見てみよう。若いころは、自分も父親のように早く死ぬだろうと確信していたという（もちろん、そうならなかったことは歴史が証明しているが、父親とチャーチルはどちらも1月24日に亡くなっている）。基本的には、死は新たな始まりではなく、絶対的な終わりだと考えていたようだ。1953年7月、そう遠くない日に死が訪れることを悟った晩年のチャーチルは「もうひとつの世界など信じていない。ベルベットのような暗やみがあるだけだ。永遠の眠りにつくだけだ」と述べている。若いころの冒険で何度も死にかけたことがある彼は、死の予感にもおびえなかった。「死ぬことについて私は文句を言うつもりもないし、ニャオと鳴くつもりもない」

それでも、彼は自分の信仰（あるいは信仰の欠如）が政治家としての生活を妨げることがないよう注意をはらっていた。多くのリーダーも認識しているとおり、政治と宗教が相いれることはめったにない。だが、国民の多くが伝統的な宗教を信奉していることは理解していた（第一次世界大戦で行われた残虐な行為を見て、彼らの信仰に疑問をもちはしたが）。だから、戦時中に神に訴えるような演説を行っていたのも驚くことではない。彼自身は死後の世界について疑問をもっていたものの、愛する者を失い、自分もいつ無残な死を遂げるかわからないと恐れながら暮らすことにうんざりしている国民にとって、死後の世界という概念が慰めになることもわかっていた。1942年9月8日、議会でこう演説している。「死後、明るい世界で愛する人たちにふたたび会えると信じること、そして時間の経過だけが、慰めとなるでしょう」「キリスト教の倫理」や「キリスト教文明」という言葉の価値は純粋に信じており、戦前、戦中、戦後にわたって繰り返し使った。たとえば1940年6月には、下院でこう語っている。「バトル・オブ・ブリテンが始まりそうです。キリスト教文明が生き残るかどうかは、この戦いにかかっています」。それから1年近くあとには、ハリー・ホプキンズ（ローズヴェルト大統領の側近でチャーチルが尊敬していた人物）に向かってこう述べている。「キリスト教の倫理ほど我々の基盤とするのに適したものはありません。山上の垂訓［キリストが山の上で弟子たちに向かって行った説教］に従えば従うほど、私たちの努力は報われるでしょう」

チャーチルは個人の救済よりも、社会的利益のために宗教を利用していたように見える。

また、人格神という概念を面白がっているようにも見える。ウォルター・グレーブナーの1949年の著書『わが愛しのチャーチル（*My Dear Mr. Churchill*）』でも、こう言ったと書かれている。「何があろうとも、私は神のような仕事を引き受けようとは思わない。私の仕事もじゅうぶん大変だが、彼の仕事はそれよりもはるかに難しい。しかも――なんたることか――辞めることもできないのだ」。75歳の誕生日に聴衆に向けて語った胸の内も見てみよう。「私は自分の創造主に会う準備はできている。創造主が私に会うという苦行の準備ができているかどうかは、また別の話だ」

1965年に亡くなったあと彼がどこに向かったのかはわからないが、じつに30万人以上もの人がウェストミンスター・ホールに置かれた彼の棺の横を通りながら、これから彼が行く道のりが平穏であることを祈った。

偉大なる イギリス人

「この旅は楽しかったし、
続ける価値があった——一度なら」

1965年、死を目前にした際、義理の息子クリストファー・ソームズに向かって言ったとされる言葉向こう見ずな性格に不運が重なって何度か死に神に遭遇したものの、チャーチルは大方の予想に反して90歳まで生きた。１８９９年の著書『ロンドンからプレトリア経由でレディスミスへ』に書かれているが、永遠に戦いつづけると宣言したボーア人兵士に向かって、彼はこう述べたという。「潮目が変わったときにきみが何を感じるか楽しみだ」。死が近くにある時は、意外と死なないものだよ」。だが、この章の始めに引用した言葉からもわかるように、チャーチルはどうやら旅立つ覚悟ができていたようだ。長いあいだ病に苦しみ、世界から退場しつつあった。１９６５年の1月初旬、ソームズからお気に入りのシャンパンを差しだされると、こう言った。「もうそれにも飽きた」。つねに動き回ってきた彼は、自分の行動力が少しずつ衰えていくのが堪えられないほど腹立たしかったにちがいない。

１９６５年1月24日、彼はロンドンの自宅で亡くなった。その月の初めに脳卒中で倒れ、意識が戻らないままだった。妻と子どもたちに見守られながらの旅立ちだった。少なくとも、彼の願いのひとつはかなったわけだ――その2年前、モンテカルロで大腿骨を骨折したときに終わりが近づいていることを悟り、こう言ったのだ。「イングランドで死にたい」

「我々は自由だ。なぜならウィンストン・チャーチルという男が生きていたからだ」
1965年、『スペクテイター』誌より

政治家というものは（とくに絶大な権力を持った政治家は）、一定数の国民から嫌われるのが宿命だ。しかし、チャーチルの死去が伝えられると、驚くほど多くの人から、それこそ世界じゅうの人から悲しみの声が寄せられた。もちろん、全員が彼の政治に賛成していたわけではない。チャーチル自身も自分の決断を最終的に翻したこともある。しかし、国の運命に対して、彼にしかできない貢献をしたという点については、異論を唱える人はいないだろう。相当な皮肉屋でさえ、チャーチルの明らかな欠点には目をつぶり、恐ろしく消耗の激しかった戦争の時代に、大きな犠牲をはらって国を導いてくれたと認めることだろう。過ぎ去ってしまった自分のもっとも輝かしいとき、と彼が思っていた時代だ。

彼の死に周りがどう反応したかを見れば、彼という人間がわかる。20世紀で国葬が行われた一般人は彼だけだ。エリザベス2世の言葉が、国民の気持ちをよく表している。

すべての国民が願っていることでしょう。サー・ウィンストン・チャーチルの死去によって私たちが受けた損失に、もっともふさわしいかたちで応えるべきだと。そし

て、その損失を悲しむ気持ちと、この類まれな人物の記憶に、尊敬の念を表す機会が与えられるべきだと。彼は50年以上にもわたって戦時も平時もつねに国のために尽くしてくれました。最大の危機を迎えたときには私たちを勇気づけ支えてくれる、刺激的なリーダーでした。

チャーチルの葬列を見るために、何千もの人々がロンドンの通りに列をなし、何百万もの人々がその様子をテレビで見守った。セント・ポール大聖堂で行われた葬儀には112か国の代表者が参列した。その後、彼の遺体は鉄道でオックスフォードシャーに運ばれ、90年前にこの世に生を受けた場所であるブレナム宮殿に程近い、ブラドンの教会墓地に葬られた。彼の遺志により、埋葬は近しい家族だけでひっそりと行われた。公人として世界で活躍した人生の結末は、じつに気持ちのいい、威厳に満ちたものだった。

チャーチルが愛されていたのは、イギリス国内だけにとどまらない。

「国家のヒーローは大勢いる。ただ、世界にも母国にも等しく利益をもたらす行動をとるヒーローは珍しい。チャーチルはイギリス人だが、世界人、とくに西側諸国の人である」

1965年、モントリオールの『ル・ドゥヴォワール』紙より世界じゅうから弔辞《ちょうじ》が届き、20世紀でもっとも偉大なリーダーと謳《うた》われた。1950年にはアメリカの『タイム』誌から「20世紀前半の人物」に選出され、国際的にも高く評価された。20世紀の終わりに、『タイム』誌は「20世紀の人物」としてアインシュタインをチャーチルよりも上の順位に挙げて賞讃した。この決定には議論が噴出したというが、チャーチルはここでも名前を挙げられるような人物だったことがわかる。アインシュタインは科学の知識を再定義したが、チャーチルは独裁政治を打倒した、と議論は白熱した。どちらが偉大な成果かと問われても、答えられる人はいないだろう。

2002年11月24日、100万人が参加した「歴史上もっとも偉大なイギリス人」を決める投票の結果が公表された。チャーチルが1位に選ばれたことを見れば、彼の人気が不動のものであることがよくわかる。2位のエンジニア、イザムバード・キングダム・ブルネルとは6万票もの差があった。チャーチルなら、そんなコンテストなどくだらないと一蹴《いっしゅう》することだろう。でも、心の底では、栄光が自分のものであることを喜んだのではないかとも思えるのである。

参考文献

ウィンストン・チャーチル『わが半生』中央公論新社、２０１４年

ウィンストン・チャーチル『第二次世界大戦』河出書房新社、１９８３年ほか

Ａ・Ｊ・Ｐ・テイラー『イギリス現代史』みすず書房、１９８７年

Best, Geoffrey, *Churchill: A Study in Greatness, Penguin* (2002)

Bonham-Carter, *Violet, Winston Churchill As I Knew Him, Collins* (1965)

Churchill, Randolph S. & Gilbert, Martin, *Winston S. Churchill, Heinemann* (1967-82)

Churchill, Winston, *A History of the English-Speaking Peoples, Cassell* (1956-58)

Churchill, Winston, *Lord Randolph Churchill, Macmillan* (1907)

Churchill, Winston, *Marlborough: His Life and Times, Sphere* (1967)

Churchill, Winston, *Savrola, Longman, Green & Co.* (1900)

Churchill, Winston, *The Story of the Malakand Field Force* 1897, *Longman, Green & Co.* (1899)

Churchill, Winston, *The World Crisis, Thornton Butterworth* (1923-31)

Colville, John, *Footprints in Time: Memories, Collins* (1976)

Gilbert, Martin, *Churchill: A Life, Pimlico* (2000)

Gilbert, Martin, *Churchill: The Wilderness Years, Macmillan* (1981)

Graebner, Walter, *My Dear Mr Churchill, Michael Joseph* (1965)

hansard.millbanksystems.com

Jenkins, Roy, *Churchill: A Biography, Pan* (2002)

Kelly, Brian & Smyer, Ingrid, *The Best Little Stories of Winston Churchill, Cumberland House Publishing* (2008)

Langworth, Richard M. (ed.), *Churchill in His Own Words, Ebury Press* (2012)

Nel, Elizabeth, *Mr Churchill's Secretary, Hodder & Stoughton* (1958)

Rhodes James, Sir Robert, *Churchill: A Study in Failure, 1900-1939, Weidenfeld & Nicolson* (1970)

Singer, Barry, *Churchill Style: The Art of Being Winston Churchill, Abrams Image* (2012)

Soames, Mary, *Clementine Churchill, Cassell* (1979)

Toye, Richard, *Churchill's Empire: The World That Made Him and the World He Made, Pan* (2011)

Toye, Richard, *The Roar of the Lion: The Untold Story of Churchill's World War II Speeches, OUP* (2013)

www.winstonchurchill.org

【著者】ダニエル・スミス（Daniel Smith）
ノンフィクションの執筆、リサーチを手掛ける。題材は政治、社会史、経済、シャーロック・ホームズなど幅広い。ロンドン在住。

【訳者】多賀谷正子（たがや・まさこ）
英語翻訳者。上智大学文学部英文学科卒。主な訳書にヒギンズ『ゴールドマン・サックスに洗脳された私』、ヴァスケス=ラヴァド『夜明けまえ、山の影で』、ファン『トロント最高の医師が教える世界最新の太らないカラダ』、ピアス『世界の核被災地で起きたこと』などがある。

ウィンストン・チャーチル
「英国《えいこく》を救《すく》った男《おとこ》」の人生《じんせい》と行動《こうどう》

●

2025年1月31日　第1刷

著者…………ダニエル・スミス

訳者…………多賀谷正子《たがやまさこ》

装幀…………藤田美咲

発行者…………成瀬雅人

発行所…………株式会社原書房

〒160-0022 東京都新宿区新宿 1-25-13
電話・代表 03（3354）0685
http://www.harashobo.co.jp
振替・00150-6-151594

印刷…………新灯印刷株式会社
製本…………東京美術紙工協業組合

ISBN978-4-562-07495-2, Printed in Japan